KB114022

검선마도

조돈형 新무협 판타지 소설

FANTASTIC ORIENTAL HEROES

劍仙魔刀

검선마도 10

조돈형 新무협 판타지 소설

초판 1쇄 찍은 날 § 2019년 10월 15일
초판 1쇄 펴낸 날 § 2019년 10월 22일

지은이 § 조돈형
펴낸이 § 서경석

총괄팀장 § 노종아
편집책임 § 김대용

펴낸곳 § 도서출판 청어람
등록번호 § 제387-1999-000006호
등록일자 § 1999. 5. 31
어람번호 § 제2-2812호

주소 § 경기도 부천시 부일로 483번길 40 서경B/D 3F (우) 14640
전화 § 032-656-4452 팩스 § 032-656-4453
http://www.chungeoram.com
E-mail § chungeorambook@daum.net

ⓒ 조돈형, 2019

ISBN 979-11-04-92070-7 04810
ISBN 979-11-04-91930-5 (세트)

※ 파본은 구입하신 서점에서 교환하여 드립니다.
※ 저자와 협의하여 인지를 붙이지 않습니다.
※ 이 책은 도서출판 청어람과 저작자의 계약에 의해 출판된 것이므로,
   무단 전재 및 유포·공유를 금합니다.

검선마도

조돈형 新무협 판타지 소설

FANTASTIC ORIENTAL HEROES

⑩

검선마도

제69장

얕보이다

"크헉!"

짧은 비명과 함께 끈질기게 저항하던 백골채주 철회가 천천히 무너져 내렸다.

"지독하네. 실력도 보통이 아니고."

풍월은 이길 가능성이 없다는 것을 알면서도 오히려 더욱 악착같이 덤비는 철회의 모습에 혀를 내둘렀다.

"백골채는 장강수로맹에 속한 여러 수채 중 다섯 손가락 안에 드는 세력이다. 채주 역시 그만큼 강한 인물이고."

"확실히 그렇긴 하네요. 삼룡채에서 만난 장로들 개개인보다도 강한 걸 보니까."

"당연하지. 철 채주는 진짜 대단한 사람이었어."

황천룡이 땅바닥에 쓰러진 철회를 조금은 안쓰러운 눈길로 바라보며 말했다.

"아는 사인가 봐요?"

"약간. 앞뒤로 꽉꽉 막힌 장강수로맹에서 그나마 말이 통하는 인물이었지. 호탕하기도 하고. 젠장, 그러게 항복하라고 했을 때 했으면 얼마나 좋아."

황천룡은 자신의 항복 권유를 무시하다가 결국은 목숨을 잃은 철회를 보며 한숨을 내뱉었다.

"호탕은 개뿔. 그래 봤자 수적이지."

퉁명스레 내뱉은 풍월이 형응을 돌아보며 말했다.

"다 태워 버려. 한 곳도 빼놓지 말고 꼼꼼하게."

"예."

짧게 대답한 형응이 안쪽으로 들어가고 잠시 후, 백골채 건물 곳곳에서 불길이 치솟았다.

순식간에 잿더미로 변하는 백골채를 응시하던 풍월이 목숨을 부지하고 있던 수적들에게 경고했다.

"앞으로 뭘 하는지는 당신들 마음이겠지만, 또다시 수적질을 하다가 걸리면 그때는 이렇게 끝나지 않는다는 것만 알아두라고."

풍월은 마안공을 이용하여 살아남은 수적들 모두에게 지금의 공포를 각인시켰다.

두려움에 떨며 연신 허리를 굽히던 수적들이 뿔뿔이 흩어지는 것을 지켜보던 황천룡이 풍월의 곁으로 다가오며 말했다.

"여기가 마지막이다. 무창까지 더 이상의 수채는 없어."

"그럼 굳이 배로 이동할 필요는 없잖아요."

"없지. 그리고 배를 움직일 인원도 없잖아. 조금 전에 모조리 쫓아버려서."

"아! 그러네요."

"이제 곧바로 북상하면 된다. 이곳에서 움직이나, 무창까지 이동해서 움직이나 거리는 거의 비슷해. 어차피 대별산(大別山)을 넘어야 하는 것도 마찬가지고."

"잘됐네요. 배 타는 것도 지겹던 참이었으니까."

조금은 눈치를 보며 조심스레 말하는 황천룡과는 달리 풍월은 오히려 기꺼워하는 얼굴이었다.

"황 숙부."

유연청이 못마땅한 얼굴로 황천룡의 옆구리를 쿡 찔렀다.

"왜요?"

황천룡이 어리둥절한 모습으로 되물었지만 유연청은 속지 않았다.

"호리채(狐狸寨)를 노리는 거죠?"

"무슨 소리를 하시는 건지……."

"시치미 떼지 말아요. 이곳에서 곧바로 북상하면 대별산 남단을 넘는 건데, 그곳에 호리채가 있잖아요. 무창에서 이동하면 대별산 서북단을 넘어야 하니 만날 이유가 없고."

유연청이 도끼눈을 치켜뜨자 황천룡이 슬며시 그녀의 입을 틀어막았다.

"어차피 가는 길이잖아요. 오히려 이쪽으로 가는 길이 더 짧기도 하고."

"대신 녹림의 산채를 만나게 되죠."

"그래 봤자 얼마 시간도 안 걸립니다. 아가씨도 봤잖아요. 장강수로맹 수채 세 개를 박살 내는 데 어느 정도의 시간이 걸렸는지. 평균적으로 반 시진 정도밖에 걸리지 않았습니다. 호리채도 마찬가지일걸요."

"하지만……."

"그냥 모른 척하세요. 좋잖아요. 어차피 가는 길에 분수도 모르고 뒤통수를 때린 호리채 놈들 손도 봐주고. 애당초 무리였으면 말도 꺼내지 않았어요. 안 그러냐?"

황천룡이 앞서 걷는 풍월을 향해 소리쳤다. 제법 거리가 있으나 풍월이 분명 듣고 있을 것이라 여긴 것이다.

풍월은 손을 휘휘 젓는 것으로 답을 대신했다.

"흐흐흐! 봤지요? 괜찮다고 하잖아요."

그럴 줄 알았다는 듯 웃음 짓는 황천룡과는 달리 유연청의 입에서 짧은 한숨이 흘러나왔다.

*　　　　　*　　　　　*

"삼룡채, 흑림채, 백골채?"

사마용이 고개를 갸웃거리다 물었다.

"장강수로맹에 속한 곳들이더냐?"

"예."

사마조의 대답에 사마용의 얼굴에 노기가 살짝 스쳤다.

"이 할애비가 수적 놈들의 일까지 알아야 하느냐?"

사마용의 역정에도 사마조의 태도는 변하지 않았다. 오히려 한층 더 진지한 자세로 서찰 하나를 내밀었다.

"이건 조금 전에 도착한 서찰입니다."

"이리 줘보거라."

사마용의 불편한 심기를 살피던 위지허가 대신 서찰을 펼쳤다.

"호리채? 호리채라면……."

사마조가 기억을 더듬는 위지허를 대신해 입을 열었다.

"녹림십팔채 중 하나입니다. 대별산에 있는."

"그래, 녹림십팔채. 기억이 나는구나. 한데 수적 놈들도 그렇고 산적놈들도 그렇고, 그놈들이 박살 난 것을 우리가 알아야 하느냐? 비록 장강수로맹이나 녹림이 우리의 손아귀에 들어오기는 했지만, 그 밑에 있는 놈들의 동향까지 이렇듯 일일이 보고를 받는다는 것은 좀 그런 것 같다."

위지허 역시 부정적인 반응을 보였다.

"그놈들이 박살 난 것이 중요한 것이 아니라 누가 박살을 냈느냐는 것이 중요합니다."

"누가 박살을 내느냐라. 그래, 누구냐?"

사마용이 여전히 시큰둥한 얼굴로 물었다.

"누군지는 확인하지 못했습니다만 공통적인 정보가 하나 있습니다."

"무엇이냐?"

이번엔 위지허가 물었다.

"세 곳의 수채와 한 곳의 산채를 무너뜨린 적의 수는 모두 네 명. 정확히는 삼남 일녀라고 합니다."

"삼남… 일녀라. 흠."

사마용의 입에서 침음이 흘러나왔다.

위지허도 사마조가 하고자 하는 말을 곧바로 알아들었다.

"그놈들이냐?"

"장강수로맹이 비록 무림을 뒤흔들 정도의 강자는 아니나,

이렇듯 손쉽게 박살 날 정도로 형편없는 곳이 아닙니다. 특히 장강수로맹의 장로급이면 어디를 가도 인정을 받을 정도의 고수들이지요. 한데 제대로 반항도 해보지 못하고 속수무책으로 당했다는 것은 그만큼 적의 실력이 강했다는 것을 의미합니다. 결국……."

"풍월, 그놈이다?"

"예."

"놈이 다시 움직였군. 한데 제갈세가에서 사라진 놈이 어째서 갑자기 대별산으로 이동한 것이지?"

사마용이 벽에 걸린 지도를 응시하며 고개를 갸웃거렸다.

사마조가 벽으로 천천히 이동하더니 제갈세가에서 풍월이 박살낸 수채를 따라 손가락을 짚어갔다.

"현재 놈이 움직인 경로는 이렇습니다. 그리고 대별산에서 이렇게 이동을 한다고 치면……."

"개… 봉? 아! 개방이로구나!"

위지허가 뭔가를 깨달았다는 듯 소리쳤다.

"예, 놈들은 지금 개봉, 정확히는 개방을 향해 움직이고 있습니다."

"북해빙궁을 상대하려는 모양이군."

사마조가 사마용의 말에 고개를 끄덕였다.

"그런 것 같습니다. 얼마 전, 북해빙궁의 공격으로 개방이 큰 타격을 당했습니다. 개방의 방주가 목숨을 잃었다는 보고를 드린 적이 있습니다."

"그래, 하지만 확실한 정보는 아니라고 했다."

"거의 사실로 굳혀지는 것 같습니다. 심지어 후개마저 목숨이 위태롭다고 합니다."

"후개라면 놈의 의형이 아니냐?"

위지허가 물었다.

"예, 풍월이 급히 북상하는 이유가 아마도 그 때문이라고 생각됩니다. 참고로 생사의괴는 이미 개방에 도착한 것 같습니다."

"생사의괴가 개방에 도착을 했다면 확실한 것 같구나. 누가 어찌 된 것인지는 몰라도 사달이 나기는 났어. 그 바람에 수적 놈들하고 산적 놈들에겐 날벼락이 떨어졌군."

코웃음을 친 사마용이 말을 이었다.

"북해빙궁 놈들이 나름 애를 썼군. 한동안 미적거리는 것이 보여서 영 그랬는데."

"아직도 얻어낼 것이 많다고 여기는 것 같습니다."

"더 이상은 안 돼. 할 만큼 해주었어."

사마용이 단호히 고개를 저었다.

"최근 들어 대대적인 공세를 펼치는 것을 보면 저들도 대충은 알고 있는 것 같습니다."

"흥! 괘씸한 놈들."

신경질적으로 술잔을 드는 것을 보면 북해빙궁 때문에 속을 조금 끓인 것 같았다.

"일단 놈의 행적을 북해빙궁에게 알려줄 생각입니다."

"자존심이 강한 놈들이다. 뭐, 그만큼 실력이 있기는 하지. 귓등으로도 듣지 않을 것이다."

위지허가 말했다.

"그래도 알려는 주는 게 맞을 것 같습니다. 생각이 있는 놈들이라면 주의는 하겠지요."

"글쎄, 직접 당해보기 전까지는 무시할 게다. 오히려 우리를 비웃을걸."

"차라리 그랬으면 좋겠네요. 너무 기고만장합니다. 한번 정도는 꺾일 때가 되긴 했습니다."

사마조의 말에 사마용과 위지허의 눈이 동시에 휘둥그레졌다.

"허! 서쪽에서 해가 뜰 일이구나. 네 입에서 풍월 그놈을 응원하는 말이 흘러나오다니."

"북해빙궁 놈들이 그만큼 골치 아프게 했다는 말이겠지. 고얀 놈들이로고. 개천회 무상의 마음을 이리 심란케 하다니."

껄껄 웃은 위지허가 사마조의 어깨를 가만히 두드리며 술잔을 건넸다.

"기대해 보자꾸나. 풍월이란 괴물 앞에서 북해빙궁이 과연 어찌 대처할지 말이다."

＊　　　　＊　　　　＊

"힘… 들다니 그게 무슨 소리야?"

연육이 떨리는 음성으로 물었다.

"성라활인금침대법을 펼쳤지만 차도가 없어. 물론 더 이상 악화되는 것은 막았지만, 지금 상황에선 별다른 의미는 없을 것 같고."

제갈총이 지친 얼굴로 말했다. 구양봉을 본격적으로 치료하기 시작한 지 사흘밖에 되지 않았지만 신체적, 정신적으로 상당히 부담이 되었는지 그의 모습은 초췌하기 짝이 없었다.

제갈총의 말에 연육은 물론이고 구양봉을 살리기 위해 아낌없이 희생하고 있던 개방의 수뇌들은 절망감에 사로잡혔다. 천하제일의 의술을 지닌 제갈총마저 손을 든다면 구양봉을 살릴 수 있는 가능성은 사실상 없다고 해도 과언이 아니기 때문이다.

"정녕 방법이 없단 말이야?"

"일단 할 수 있는 것은 다 해봐야지. 하지만 큰 기대는 하지 말고."

혹시나 하는 얼굴로 대답을 기다리던 이들의 표정이 다시금 어두워졌다.

"아, 그런데 풍월 그놈의 소식은 아직 없는 거야?"

"풍… 월? 아직."

연육이 힘없이 고개를 저으며 말을 이었다.

"굼벵이 같은 놈들. 빨리 오지 않고 뭘 하는 거야."

제갈총의 한숨에 연육이 조금은 신경질적으로 말했다.

"북해빙궁 놈들 때문에? 젠장, 그놈들은 우리가 상대해. 제발 쓸데없는 데 신경 쓰지 말고 이 녀석이나 살릴 생각을 하라고."

연육이 안쓰러운 얼굴로 구양봉의 차가운 손을 쓰다듬었다.

"뭔 개소리야? 내가 북해빙궁 놈들 때문에 그 녀석을 기다리는 줄 알아?"

제갈총이 어이가 없다는 얼굴로 소리쳤다.

"아, 아니야?"

"당연하지. 지금 상황에서 굳이 놈을 언급한 이유는 뻔하잖아."

"호, 혹시……."

실망스러운 대답이 나올까 봐 연육은 차마 말을 잇지 못했다.

"확실하진 않아. 다만 녀석이 지닌 능… 력, 젠장, 그걸 능력이라고 해야 하나. 아무튼 이 녀석을 치료할 수 있는 마지막 가능성이 있을지도 몰라. 그러니까 풍월 그놈이 언제 오는지나 확실히 파악을 하라고. 행여라도 엉뚱한 곳에서 시간 보내지 않게 연락을 할 수 있으면 하고."

"그, 그래. 알았어."

황급히 고개를 끄덕인 연육이 두 사람의 대화를 듣고 있던 이들을 향해 고개를 돌렸다. 굳이 말을 할 필요도 없었다. 벌써 몇몇이 자리를 박차고 뛰쳐나갔기 때문이다.

*　　　　　*　　　　　*

하남 동북에 위치한 산도유가(山圖柳家).

비록 무림에 명성을 떨치는 사대세가나 신흥삼대세가만큼은 아니나 문무를 갖춘 명문가로 오랜 세월 동안 많은 이들에게 존경을 받아왔다.

세가의 안위를 유지하고 싶거든 굴복하라는 북해빙궁의 요구를 거절하고 소림, 개방, 산동악가가 주축이 된 정무련과 함께 그들의 남하를 막기 위해 최선의 노력을 다했다.

하지만 오랜 세월 동안 축적된 북해빙궁의 무력은 실로 대단하여 정무련의 지원에도 불구하고 엄청난 피해를 당한 산도유가는 어쩔 수 없이 세가를 버리고 훗날을 기약할 수밖에 없었다. 그리고 주인이 떠나고 텅 비어버린 산도유가는 북해빙궁의 전초기지가 되어버렸다.

과거 산도유가의 대소사를 결정하던 곳이었으나, 이제는 북해빙궁의 수뇌들이 모여 의견을 나누는 곳으로 바뀌어 버린 화연당(和議堂).

늦은 밤이었으나 정무련의 움직임이 심상치 않다는 정보에 북해빙궁의 거의 모든 수뇌들이 모여 회의를 하고 있었다.

연전연승으로 늘 여유로운 웃음이 감돌던 평소와는 분위기가 조금 달랐다.

그 이유가 화연당 끝자락에 위치한 의자에 앉아 있는 사내 때문이라는 것을 금방 알 수 있었다. 별다른 표정 변화를 보이지 않는 궁주를 제외하고 거의 모든 이들이 노골적으로 불쾌한 눈빛을 쏘아 보내고 있었기 때문이었다.

"흠, 재미있군."

이제 막 중년으로 접어든 북해빙궁 궁주 북리천이 손에 든 서찰을 가만히 내려놓으며 웃었다.

"그러니까 풍월이란 자가 몇몇 일행을 데리고 북상을 하고 있으니 조심하라는 말이로군."

북리천의 말속에 은연중 담긴 불쾌감을 읽지 못한 사내, 개천회에서 북해빙궁과의 빠르고 신속한 정보 교환을 위해 파견

한 여명대 부대주 연횡은 대수롭지 않은 얼굴로 고개를 끄덕였다.

"예, 그자는 화산검선과 철산마도의 공동전인으로서……"

설명을 늘어놓던 연횡은 차갑다 못해 한기가 드는 느낌에 화들짝 놀랐다. 그리고 북리천이 얼굴은 웃고 있지만 눈빛은 전혀 그렇지 않다는 것을 확인하곤 황급히 입을 다물었다.

"우리가 개천회에게 단단히 얕보인 모양이군."

"아, 아닙니다."

연횡이 당황한 얼굴로 고개를 저었다.

"그게 아니면? 고작 몇 녀석이 지원을 오는 것 때문에 이리 부산을 떤단 말인가?"

"하지만 그자는……"

"물론 안다. 천마도를 세상에 공개하는 대범함을 보였고 개천회에서 파놓은 함정을 몇 번이나 빠져나가면서 막대한 피해를 입혔다는 것을. 듣자니 근래 들어 무이산에서도 망신을 당했다고 하던데. 장로되는 사람이 목숨을 잃기까지 했다고 하고. 아닌가?"

북리천이 부드러운 미소를 지으며 물었다. 그 웃음을 보며 연횡은 등골이 오싹한 느낌을 받았다.

"뭐, 두려워하는 것은 충분히 이해를 하겠어. 그 정도까지 당했다면 겁을 내는 것도 당연하겠지. 하지만 중요한 것을 잊고 있는 것 같은데."

북리천이 착 가라앉은 눈빛으로 연횡을 응시하며 말했다.

"우리는 북해빙궁이다. 고작 애송이 하나도 감당하지 못해 전전긍긍하는 개천회가 아니란 말이다. 하니 그따위 쓰레기 같은 조언은 필요가 없다. 우리를 노리고 온다면 상대해 주면 그만이다."

"아, 알겠습니다."

압박감을 감당하지 못한 연횡이 연신 뒷걸음질 치다 결국 주저앉고 말았다. 볼썽사나운 그의 모습에 곳곳에서 웃음이 터져 나왔다.

엉거주춤 일어난 연횡이 북리천과 눈도 마주치지 못하고 말했다.

"어, 어쨌건 저는 본 회에서 온 소식을 전해 드렸습니다."

"확실히 접수했네. 별 쓸모는 없을 것 같지만."

"이만 물러나겠습니다."

"잘 가게. 돌부리 조심하고."

돌부리란 말에 또다시 웃음이 터졌다.

연횡은 더 이상 참지 못하고 벌게진 얼굴로 도망치듯 연화당을 빠져나왔다.

연횡의 기척이 완전히 사라지자 북리천이 웃음기를 거두고 입을 열었다.

"말은 그리 했지만 풍월이란 놈은 결코 만만치 않은 실력을 지닌 놈이오. 지금껏 놈이 쓰러뜨린 자들과 개천회와 대적한 행보를 감안했을 때 골치 아픈 놈이라는 건 확실한 것 같소."

"그렇습니다. 천마의 무공을 얻었다는 소문이 사실이라면, 결코 무시해서는 안 된다고 봅니다."

북리천 좌측에 앉아 있던 노인, 열 명의 원로를 일컫는 북해십천(北海十天) 중 수좌(首座) 북리강이 눈처럼 하얀 수염을 쓰다듬으며 말했다.

연화당에 모인 이들 중 대다수가 북리천과 북리강의 말에 수긍을 못 했지만 감히 정면으로 반박을 하지는 못했다.

"어찌하면 좋겠소?"

북리천이 좌중을 둘러보며 물었다.

"개천회에서 알려왔다시피 놈이 이곳으로 오는 이유는 의형인 후개의 목숨이 위태롭기 때문이지만, 결국은 본궁과 대적하게 될 것입니다. 어차피 싸우게 된다면 굳이 기다릴 필요는 없다고 봅니다만."

장로 모용기의 말에 북리천이 미간을 살짝 찌푸리며 물었다.

"하면 놈이 이곳에 도착하기 전에 미리 암습을 하자는 말이오?"

"암습이라기보다는 소문처럼 정말 뛰어난 무공을 지녔는지 알아보자는 것입니다. 그 과정에서 소문이 사실이라면 보다 주의를 기울여 놈을 상대할 준비를 하면 되는 것이고, 예상보다 부족하면 그 자리에서 묻어버리고 무림에 본 궁의 위엄을 보여주면 되는 것입니다."

결국은 암습을 하자는 소리지만 에둘러 말하는 모용기의 태도는 당당하기만 했고 연화당에 모인 수뇌들 모두가 동의한다는 듯 고개를 끄덕였다.

"일단 놈들의 이동 경로를 확실하게 파악을 하기 위해서라도 개천회에 도움을 요청하는 것이 좋을 듯 싶습니다."

"그렇게 하시오. 한데 누구를 보내면 좋겠소?"

북리천이 다시 물었다.

"설화단(雪花團)의 아이들을 보내면 좋을 것 같습니다."

모용기의 말에 모두의 시선이 북리강과 어깨를 나란히 하고 앉은 노파에게 향했다. 십천 중 이좌 북리청이다.

설화단은 단원 모두가 여인들로, 북리청이 장로였을 때부터 키워왔는데 단순히 무공만 뛰어난 것이 아니라 암살과 추적에도 특화된 능력을 지녔다.

"어찌 생각하십니까?"

"좋군요. 아이들에게도 좋은 기회가 될 것입니다. 그렇지 않느냐?"

북리청이 말단에 조용히 앉아 있는 설화단주 해연에게 물었다.

"기대에 어긋나지 않겠습니다."

해연이 나긋나긋한 음성으로 대답했다.

나이 스물다섯에 북해제일살이라 일컬어지는 그녀의 웃음에 북해빙궁의 수뇌들은 풍월의 죽음을 믿어 의심치 않았다.

*　　　　*　　　　*

"저게 오봉산(五峰山)입니다. 저 산만 넘으면 개봉도 금방입니다."

풍월 일행을 안내하고 있는 개방의 제자 호광이 마치 손가락처럼 다섯 개의 봉우리가 도드라진 산을 가리키며 말했다.

태상장로 연육은 구양봉의 치료에 풍월의 능력이 필요하다는 제갈총의 말을 듣자마자 가용할 수 있는 모든 제자들을 동원해 그를 찾아냈다.

연육의 명으로 풍월 일행을 최대한 빨리 개방에 도착할 수 있도록 길잡이 역할을 하고 있는 호광은 일전에 무이산에서 생사의괴를 만나러 왔던 호선의 동생이었다.

"그런데 대별산을 넘고 와서 그런지 산이라고 하기엔 조금 그렇네요."

풍월이 대별산과는 비교도 되지 않을 정도의 높이와 규모를 지닌 오봉산을 보며 피식 웃었다.

"대별산은 중원에서도 큰 산이야. 비교할 걸 비교해야지. 오봉산만 해도 인근에선 제법 규모가 있는 산이다."

황천룡이 어이없다는 얼굴로 목청을 높이자 풍월이 고개를 끄덕였다.

"하긴 그도 그러네요. 대별산을 넘은 후에는 이만한 산도 보지 못했으니까. 한데 오늘 중으로 넘을 순 있을까요? 벌써 해가 지려는 것 같은데."

풍월의 물음에 호광이 조금 애매한 표정을 지었다.

"오봉산은 비록 산이 크거나 깊지는 않으나 조금 험합니다. 그래도 서둘러 이동을 한다면 자정이 되기 전에 산을 넘을 수 있을 것 같습니다. 산을 넘으면 바로 밑에 조그만 마을이 있는데 하룻밤 정도는 머물 만한 조그만 주점이 있습니다."

지금까지 워낙 강행군을 해온 터라 자정까지 이동을 해야 한다는 말에 다들 싫은 기색을 보였다. 하나 딱히 주변에서 쉴 곳을 찾지 못한 일행은 주점이 있다는 말에 곧바로 오봉산을 넘기로 결정을 내렸다.

오봉산 북쪽 중턱.

집채만 한 바위 밑에 이십 전후로 보이는 여인들 서른 명이 모여 있었다.

궁중의 명을 받고 풍월과 그 일행을 잡기 위해 나선 설화단
이다.

조근 조근 잡담을 나누던 여인들은 북리청을 비롯한 세 명
의 노인과 단주 해연의 등장에 황급히 입을 다물었다.

"충분히 쉬었어?"

해연이 따뜻한 눈길로 여인들을 돌아보며 물었다.

"예, 단주님."

"휴식 시간을 조금 더 주려고 했는데 생각보다 시간이 없
네. 놈들이 운호 지방을 지났다는 전갈이 도착했어. 장평이라
면 이곳에서 반나절도 되지 않는 거리. 연락이 도착한 시점을
따지자면 늦어도 한 시진 이내에 인근 지역에 도착할 것 같은
데 놈들이 밤을 새워 산을 넘는다면 자정쯤, 그렇지 않다면
내일 아침 경에는 만날 수 있을 것 같아. 연화야."

해연이 연화라는 여인을 불렀다.

"예, 언… 단주님."

"최적의 장소는 찾아냈어?"

"예."

동료들이 휴식을 취할 때도 오봉산 전체를 돌아보며 풍월
일행이 이동할 것이라 예상되는 길과 그 길에서 가장 효과적
으로 공격을 할 수 있는 장소를 찾기 위해 동분서주했던 연화
가 조금은 지친 기색으로 고개를 끄덕였다.

"오봉산에서 산을 넘는 길은 도합 세 곳인데 가장 넓고 평이한 길을 선택한다고 가정했을 때 공격이 용이한 장소는 도합 일곱 군데입니다."

"일곱 군데나?"

해연이 놀란 눈으로 되물었다.

"예, 산이 험해 길이 구불구불한 데다가 워낙 암석들이 많아 몸을 숨길 곳도 많아요."

"그건 좋은 소식이네. 그래서 결정은?"

"최종 두 곳으로 압축이 되었는데, 결정을 내릴 수가 없을 정도로 자리가 좋아요. 단주께서 직접 보고 판단해 주셨으면 좋겠습니다."

"알았어. 그렇게 하자."

환히 웃으며 고개를 끄덕인 해연이 조용히 자신의 말을 기다리는 설화단원을 바라보았다. 대다수 단원들은 여유가 넘쳤지만, 이제 막 훈련을 끝내고 실전 경험도 많지 않은 몇몇 단원들은 긴장된 빛이 역력했다.

"흠."

해연의 입에서 나직한 한숨이 흘러나왔다.

한 치의 오차도 없이 흘러가야 하는 상황에서 과도한 긴장감은 치명적인 실수를 불러일으키기 때문이었다.

"저 아이들은 걱정하지 마라. 내가 데리고 있으마."

해연의 걱정을 간파한 북리청이 그녀의 어깨를 짚으며 말했다.

"고맙습니다, 사부님."

"고마울 것 없다. 변수를 제거하기 위함이다."

말투는 퉁명스러웠지만 그것이 사부의 평소 성정임을, 하지만 누구보다 속정이 깊다는 것을 알고 있는 해연은 개의치 않았다.

연화를 앞세운 해연이 풍월을 공격하기 위한 최적의 장소를 살피기 위해 자리를 뜨자 북리청의 뒤에서 침묵하고 있던 세 노인들이 곁으로 다가왔다.

"저 아이들에게만 맡겨놓으실 생각입니까?"

북해빙궁의 호법이자 장벽의 북쪽, 통칭하여 북해무림에서 손꼽히는 강자로 알려져 있는 동방효가 걱정스러운 얼굴로 물었다.

"걱정이 되는 모양이군?"

"솔직히 걱정됩니다. 풍월이란 놈, 생각보다 강할 것 같습니다. 자칫하면 피해가……."

"크겠지. 하지만 설화단이 보다 강해지려면 그 정도 피해는 감수해야 한다고 보네. 물론 최악의 경우까지 기다릴 생각은 없네. 피해가 너무 크다고 생각된다면 즉시 개입할 생각이야. 이런, 말을 해놓고 보니 저 아이들이 아니라 자네들을 믿고 일을 벌이는 것 같군."

"언제라도 맡겨주시지요."

동방효가 웃으며 말했다.

"자네 말대로 솔직히 조금은 버겁다고 생각은 들지만 그래도 기대를 하고 있다네. 만약 이곳에서 풍월이란 놈을 잡는다면 설화단은 지금보다 훨씬 강해질 테니."

멀어지는 설화단을 지그시 바라보는 북리청의 눈빛은 불안감과 기대감을 동시에 내비친 채 살짝 떨리고 있었다.

"어이쿠!"

황천룡이 외마디 비명을 지르며 비틀거렸다.

"조심하십시오. 이슬이 내려 길이 미끄럽습니다."

앞선 걷던 호광이 뒤를 돌아보며 말했다.

흙길이 아니라 대부분이 자갈과 돌멩이로 뒤덮여 있는 길이기에 몹시 미끄러운 데다가 달빛마저 구름에 가려 걸음을 내딛기가 더욱 힘들었다.

"젠장, 언제까지 가야 하는 거야?"

황천룡이 신경질적으로 물었다.

"거의 다 왔습니다. 저 봉우리만 넘으면 금방입니다."

호광이 희미하게 보이는 봉우리 능선을 가리키며 말했다.

"흥, 일각 전에도 똑같은 말을 들었다. 뭔 길이 이리 꾸불꾸

불한 건지."

황천룡이 툴툴거리며 걸음을 내디디려 할 때 유연청이 그의 팔을 잡았다. 고개를 돌린 황천룡이 뭐라 질문을 하려 할 때 유연청이 조금 앞서 걷던 풍월과 형웅을 눈짓으로 가리키며 손가락을 입술에 댔다.

유연청의 굳은 표정에 자신도 모르게 움찔한 황천룡이 조심스레 풍월과 형웅을 살폈다. 두 사람은 유연청보다 훨씬 심각한 얼굴로 마주보고 있었다.

"무슨 일이야? 왜?"

풍월이 모두의 걸음을 멈추게 만든 형웅에게 물었다.

"아무래도 이상해서요."

"뭐가?"

"조금 전부터 풀벌레 소리가 들리지 않습니다."

"풀… 벌레 소리?"

풍월이 고개를 갸웃거리자 호광이 슬쩍 끼어들었다.

"그거야 우리 때문에 그런 것 아닐까요?"

"우리가 이동하면서 자연스레 멈추는 것과 처음부터 멈춰져 있는 것은 다릅니다."

"흠, 그것도 그렇네."

풍월이 형웅이 바라보고 있는 전방을 차분히 살피며 고개를 끄덕였다.

"게다가 피비린내가 느껴집니다."

"피비린내?"

어느새 다가온 황천룡이 코를 벌름거리며 냄새를 맡다가 인상을 찌푸렸다.

"전혀 모르겠는데. 풀냄새만 잔뜩 나고."

"솔직히 나도 잘 모르겠다."

풍월마저 부정적인 반응을 보였으나 형응은 달랐다.

"피비린내, 냄새가 아니라 몸으로 느껴져요. 저 앞에 저와 동류의 인간이 있습니다."

형응이 차갑게 웃으며 말했다.

"동… 류? 하면 살수가 있단 말이야?"

황천룡이 놀라 물었다.

형응은 대답하지 않고 어둠속으로 이어지는 길과 길 주변에 가득한 바위들을 지그시 노려보았다.

"살수라……."

조용히 읊조린 풍월이 지그시 눈을 감고 전신의 감각을 극대화시키며 주변을 살피기 시작했다.

상당한 시간이 흘렀음에도 형응이 말한 살수의 존재를 찾아내지 못하던 풍월은 어느 순간, 정말 찰나에 나타났다 사라지는 기척을 잡아냈다.

그 기척을 놓치지 않고 신경을 더욱 집중시키자 주변에 숨어 있는 살수들의 흔적이 비로소 느껴지기 시작했다.

"대단하네."

천천히 눈을 뜬 풍월이 놀라움을 감추지 못했다.

"확인하셨지요?"

형웅이 물었다.

"그래, 솔직히 놀랐다. 매혼루 살수들의 은신술도 이 정도
는 아니었던 것 같은데."

"그건 아니고요."

조용히 대답하는 형웅의 눈꼬리가 살짝 올라가는 것을 본
풍월이 히죽 웃으며 그의 옆구리를 툭 쳤다.

"그나저나 우리 아우가 제대로 얕보인 것 같은데. 매혼루의
루주면 천하제일 살수라 해도 과언은 아닌데, 살수들을 동원
하다니 말이야. 개천회 놈들, 그렇게 당하고도 정신을 못 차린
것 같다. 아니면 정말로 우리를 잡을 수 있다고 착각을 한 건
가?"

풍월은 앞에서 매복하고 있는 살수들을 북해빙궁이 아니라
개천회에서 보낸 자들이라 착각하고 있었다.

"제가 해결하겠습니다."

"네가?"

"예, 간단하게 이목이나 끌어주세요."

형웅의 눈에서 은근하게 느껴지는 분노에 풍월은 터져 나오

는 웃음을 억지로 참으며 고개를 끄덕였다.

"알았다. 마음껏 놀아봐."

형응의 제안을 수락한 풍월이 슬쩍 그의 몸을 가리며 과장된 몸짓으로 소리쳤다.

"자, 여기서 잠시 쉬도록 합시다."

"그러자. 그렇잖아도 발이 시큰거리는 것이 영 힘들다."

풍월의 장단에 맞춰 황천룡과 호광이 큰 소리로 떠들자 조용했던 숲이 시끌벅적하게 변하는 건 순식간이었다.

형응은 동료들의 도움을 받아 어둠속으로 조용히 몸을 숨겼다.

'뭐지?'

인근에서 가장 커다란 바위에 몸을 누이고 풍월 일행을 살피고 있던 연화는 갑작스러운 상황 변화에 당혹감을 감추지 못했다.

풍월 일행과 첫 번째 매복지와의 거리는 고작 이십여 장, 만반의 준비를 하고 있었는데 풍월 일행이 멈춰 버리면서 상황이 묘하게 돌아가기 시작했다.

'눈치를 챈 건가?'

어찌해야 할지 고민해 봤지만 답이 없었다.

풍월과 그 일행이 움직일 때까지 대기하면서 그들의 움직임을 살펴야 했다.

연화는 안력(眼力)을 키워 보다 신중히 풍월 일행을 살피기 시작했다.

한데 뭔가가 이상했다. 하필이면 첫 번째 매복지 앞에서 와 자지껄 떠들어대는 것도 그랬지만 유난히 과장된 행동도 이상했다.

'어? 하나, 둘, 셋, 넷……'

희미한 움직임 속에서 일행의 숫자를 헤아리던 연화는 그 수가 다섯이 아니라 넷이라는 것에 경악했다.

혹시나 잘못 본 것은 아닐까 하여 몇 번이나 헤아려 봤지만 틀림없이 넷이었다.

'하, 하나가 사라졌다.'

순간, 서늘한 기운이 등줄기를 훑고 지나갔다.

생각할 것도 없었다.

엎드린 자세에서 그대로 몸을 던졌다.

자신이 엎드려 있는 곳이 커다란 바위 위라는 것도, 앞으로 움직이면 바위 밑으로 추락한다는 것도 의식하지 못했다. 그 저 살수로의 본능이 그녀를 움직이게 만들었다.

하지만 풍월 일행의 도움을 받아 연화가 은신해 있는 바위 위에 은밀히 도착하는 데 성공한 형응은 그녀의 도주를 허락할 생각이 없었다.

연화의 몸이 바위 밑으로 떨어지기 직전 머리카락을 낚아 챔과 동시에 입을 틀어막았다.

머리카락을 잡았던 손이 어느새 그녀의 목을 슬쩍 훑고 지나갔다.

목에서 점점이 내비치는 핏방울, 연화는 비명도 지르지 못하고 축 늘어졌다.

차가운 눈빛으로 연화를 살피던 형웅이 다음 목표를 향해 조용히 움직이기 시작했다.

핏!

은밀하면서도 날카로운 파공성과 함께 손바닥만 한 비수가 어둠을 가르며 날아갔다.

비수는 북리청의 명으로 후방에서 대기하고 있던 설화단원의 미간을 그대로 꿰뚫었다.

비수는 갑작스러운 동료의 움직임에 당황하는 이들에게도 날아들었다.

픽! 픽! 픽!

그야말로 일격필살(一擊必殺).

형웅이 작심하고 뿌리는 암기는 섬전처럼 빠르고 벽력처럼 강맹한 힘을 담고 있었다.

후방으로 빠진 설화단원의 수가 일곱이나 되었지만 제대로 된 반응을 하는 사람이 단 한 명도 없었다.

이들을 살펴야 했던 북리청과 동방효를 비롯한 호법들은 풍월 일행이 거의 도착했다는 소식을 접하곤 앞쪽으로 이동한 상태인지라 형응의 무자비한 살수를 막아주지 못했다.

한데 단 한 명의 입에서도 비명은 없었다.

죽는 순간에도 비명을 지르지 않도록 훈련이 되었으리라.

그 과정이 얼마나 지독하고 끔찍한 것인지 누구보다 잘 알고 있던 형응의 눈동자에 약간의 감정이 나타났다가 사라졌다.

"네, 네놈 누구냐!"

풍월이 나타났다는 말과는 다르게 별다른 상황이 벌어지지 않자 다시금 후방으로 물러나던 동방효가 홀로 남은 형응을 보며 놀라 소리쳤다.

동방효와 어깨를 나란히 하던 두 명의 호법들이 즉시 반응했지만 형응의 움직임이 조금 더 빨랐다.

동방효와 두 명의 호법에게 각자 세 자루씩, 아홉 자루의 비도를 뿌린 뒤 곧바로 몸을 날렸다.

천하제일 살수라는 칭호답게 형응의 신법은 풍월마저 감탄을 금치 못할 정도로 대단히 은밀하고 빨랐다. 더구나 살황마존의 살예를 이어받은 지금은 더욱 그랬다.

동방효와 호법들이 그들에게 날아간 비도를 막기 위해 움직이는 찰나, 형웅의 신형은 이미 그들을 스쳐 내달리고 있었다.

"뭐, 뭐지요, 저놈은?"

형웅이 날린 비도를 막아냈지만 볼에 큰 상처를 당한 호법 양단이 황당하다는 표정으로 물었다.

"지금 그걸 따질 땐가!"

버럭 소리를 지른 동방효가 오봉산이 떠나가도록 외쳤다.

"후방에 적이다!"

동방효의 외침에 가장 먼저 반응한 것은 북리청이었다.

"후방? 이게 무슨… 아!"

북리청의 입에서 탄식이 터져 나왔다.

"연화가 당한 것 같구나."

해연이 무겁게 고개를 끄덕였다.

풍월 일행의 움직임을 확인하고 있던 연화에게서 아무런 연락도 없는 상황에, 후방에 적이 나타났다는 것은 한 가지 의미뿐이었다.

"암습은 실패다. 우선은 아이들을 철수시키는 것이……."

북리청의 말이 끊겼다.

뒤쪽에서 엄청난 속도로 다가오는 누군가의 기척 때문이었다.

지금 상황에서 그 정도로 빠른 속도로 달려오는 사람이라면 뻔했다.

"감히!"

이를 부득 간 북리청이 검을 빼 들었다. 어둠 속에서도 한 광이 느껴질 정도로 제대로 벼려진 칼이었다.

순간적으로 검에 손을 가져갔던 해연이 가만히 손을 뗐다.

사부가 직접 나섰는데 자신까지 손을 거든다는 것은 사부에 대한 모독이라 판단한 것이다.

애당초 매복 계획을 무산시키고 적들을 혼란스럽게 할 목표로 적진에 뛰어들었던 형웅은 북리청에게서 전해지는 엄청난 기세를 읽고 곧바로 정면 대결을 포기했다. 대신 그녀의 공격에 최소한으로 맞서며 오히려 그 힘을 이용하여 몸을 날렸다.

일련의 동작들이 어찌나 자연스럽고 빠른지 목표를 잃은 북리청이 황망한 표정으로 바라볼 정도였다.

도망치는 형웅을 보는 해연의 안색은 어두웠다.

사부의 자존심을 위해 합공을 하지 않은 판단은 완전히 잘못된 것이다. 합공이 아니더라도 최소한 퇴로는 차단했어야 했다는 생각이 들었다.

가장 위험한 적이라고 할 수 있는 북리청과 해연을 손쉽게 따돌린 형웅은 그야말로 물 만난 고기처럼 적진을 헤집고 돌아다녔다.

"놈을 잡아라."

해연의 명이 떨어지기가 무섭게 땅바닥에서, 바위틈에서, 나무 위에서, 풍월과 그 일행을 공격하기 위해 숨어 있던 살수들이 은신을 풀고 형웅을 공격하기 시작했다.

하지만 움직임에 제대로 탄력을 받은 형웅은 쉽게 잡히지 않았다. 게다가 마음껏 뿌려대는 암기와 섬뜩할 정도로 빠르고 날카로운 쾌검은 일개 살수가 감당할 수 있는 위력이 아니었다.

"물러나라! 뒤로 물러나!"

해연은 형웅과 맞섰던 세 명의 수하들이 제대로 대응도 하지 못한 채 쓰러지자 공격을 중지시키고 뒤로 물렸다.

"무섭도록 빠른 검이다. 치명적이기도 하고. 움직임에 군더더기가 없어."

북리청은 자신이 직접 키운 설화단을 농락하는 형웅을 보며 침음을 흘렸다.

"아마도 풍월의 의제라는 자 같습니다. 매혼루인가 뭔가 하는 곳의 수장이라는."

뒤늦게 달려온 동방효의 말에 북리청이 무겁게 고개를 끄덕였다.

"우리가 놈들의 실력을 너무 쉽게 생각한 것 같군."

그때, 어둠을 뚫고 착 가라앉은 목소리가 들려왔다.

"그러게 말입니다. 자신이 얕보였다고 생각했는지 제대로 열을 받았지요."

북리청과 동방효, 해연 등이 기겁한 표정으로 좌측 숲을 향해 몸을 틀었다.

숲에서 삐죽 튀어나온 바위, 언제부터인지 알 수 없었지만 바위에 걸터앉은 풍월이 다리를 흔들고 있었다.

"네놈이 풍월이구나."

북리청이 살기 어린 눈빛으로 쏘아보며 말했다.

"어우, 좀 적당히 합시다. 눈빛으로 사람 잡겠네."

능청스럽게 웃은 풍월이 바위에서 뛰어내렸다.

"풍월이란 놈이 맞느냐?"

"알면서 뭘 그렇게 묻소? 뻔히 기다려 놓고는."

풍월이 잔뜩 긴장한 채로 모습을 드러낸 설화단을 보며 비웃음을 흘렸다.

"그나저나 개천회에서 살수까지 키우고 있을 줄은 몰랐네. 게다가 전원이 여인이라……"

풍월은 여전히 북리청과 설화단을 개천회의 사람들로 착각하고 있었다.

"개천회? 네놈은 우리가 개천회에서 온 줄 아느냐?"

"아니… 오?"

"본 궁을… 됐다. 네놈에게 굳이 말해줄 필요까지는 없겠지."

말을 줄인 북리청이 동방효와 눈빛을 교환했다.

풍월의 여유로운 몸짓에서 그의 강함을 한눈에 알아본 북리청은 합공을 할 생각이었다.

홀로 싸운다고 해도 지지 않을 자신은 있었지만, 분명 어느 정도 출혈은 각오해야 할 터였다. 군이 그런 위험을 감수할 이유가 없었다.

[놈은 우리가 맡겠다. 너는 놈의 의제라는 녀석을 맡아라. 할 수 있겠느냐?]

[예.]

북리청의 전음을 받은 해연이 호흡을 가다듬으며 풍월의 곁으로 걸어가는 형응의 일거수일투족을 살피며 대답했다.

[보통 실력자가 아니니 조심해야 할 것이다.]

[확실히 처리하겠습니다.]

후방으로 빠졌던 어린 수하들의 죽음을 확인한 해연의 분노는 극에 다다르고 있었다.

북리청과 해연이 전음을 주고받는 사이, 풍월은 자신의 존재감을 제대로 과시하고 돌아온 형응을 환한 얼굴로 맞이했다.

"고생했다. 근데 너, 괜찮은 거냐?"

풍월이 피가 흐르는 옆구리를 바라보며 물었다.

"괜찮아요. 살짝 스친 겁니다."

적진을 헤집고 다니던 중 누군가의 역습에 당한 것이다. 단순히 스친 상처라기에는 피가 많이 흐르고 고통도 제법 느껴졌으나, 형응은 조금도 내색하지 않았다.

"내가 저 영감들을 맡을 테니까 넌 저쪽을 맡아."

풍월이 해연을 비롯한 설화단을 턱짓으로 가리키며 말했다. 형응이 알았다는 대답을 하려는 순간, 그의 부상을 힐끗 바라본 풍월이 고개를 저었다.

"아니다. 우선 숫자를 조금 더 줄이자."

"예?"

형응이 반문했지만 풍월은 가볍게 손을 내저었다.

"내가 공격하면 그걸 시작으로 알아. 두 사람도 형응을 좀 돕고."

풍월이 어느새 다가온 황천룡과 유연청을 바라보며 말했다.

"그래."

"알았어요."

황천룡과 유연청이 동시에 대답하자 가볍게 고개를 끄덕인 풍월이 묵뢰와 묵운을 양손에 틀어쥐고 몸을 돌렸다.

"서로 간에 적당히 작당 모의를 한 것 같으니 시작해 봅시다."

그의 당당한 태도가 마음에 들지 않았던 동방효가 미간을 찌푸리며 한 쌍으로 된 월륜(月輪)을 꺼내 들었다.

"그 버릇없는 모가지를 따주마."

호법 북해귀창(北海鬼槍) 마홍과 귀수도(鬼手刀) 증영도 그들의 애병을 곧추세웠다.

세 명의 호법이 먼저 나서자 그들과 합공을 하려 했던 북리청은 일단 한발 물러나 관망하는 자세를 보였다.

"자신 있으면 해보시던가. 지금껏 그런 말을 한 사람치고 멀쩡한 사람은 없었다는 것만 알아두시구려."

마음껏 도발을 한 풍월이 말이 끝나는 것과 동시에 묵운을 휘둘렀다.

근래 들어 한층 깊어진 자하신공의 폭발적인 힘을 바탕으로 펼쳐지는 자하검법은 풍월이 충분히 강하다는 것을 인정하면서도 내심으론 만만하게 보고 있던 적들의 안색을 확 바꿔놓을 정도로 위력적이었다.

어둠을 밝히는 검광, 묵운이 이동하는 궤적을 따라 쏘아져 나간 검강이 세 명의 호법들을 노렸다.

서로 시선을 교환한 세 명의 호법들은 당황하지 않고 침착히 대응을 했다.

귀수도 증영이 정면에서 공격을 감당하고 북해일창이 창영을 흩날리며 이를 보완하는 것과 동시에 풍월로 향하는 길을 뚫었다.

그 틈을 노린 동방효가 전력을 다해 월륜을 던졌다.

동방효의 손을 떠난 한 쌍의 월륜이 맹렬한 회전과 함께 풍월의 목과 단전을 노렸다.

"멋지군."

북리청은 한 치의 오차도 없이 전개되는 세 사람의 합공을 보며 감탄성을 터뜨렸다.

하지만 그들은 지금 두 가지를 오판했다.

첫째, 십성을 넘긴 자하신공을 바탕으로 펼쳐지는 자하검법은 단순히 보이는 것 이상으로 폭발력을 지녔기에 귀수도 증영이 북해에서 알아주는 고수이기는 해도 홀로 정면으로 맞서기엔 분명 무리가 있었다.

결국 북해일창이 풍월의 공세를 뚫고 동방효가 역공을 펼치는 데 성공은 했으나 그 과정에서 증영은 상당한 내상을 입고 말았다.

둘째는 풍월의 진정한 목표는 세 명의 호법이 아니라 그 뒤에 대기하고 있는 설화단이었다.

자하검법으로 호법들의 움직임을 주춤하게 만드는 것과 동시에 묵뢰를 던졌다.

풍뢰도법 사초식, 비도풍뢰.

풍월의 손에서 묵뢰가 떠나는 것을 확인한 북리청이 목이 터져라 경고를 보내고 묵뢰를 막기 위해 직접 손을 썼음에도 늦었다.

어둠을 뚫고 빛살처럼 날아간 묵뢰는 무려 열 명이 넘는 설화단원의 심장을 관통한 후, 유유히 호선을 그리며 풍월에게 돌아왔다.

풍월은 돌아오는 묵뢰를 재차 움직여 자신에게 짓쳐오는 월륜 중 하나를 막아내고 다른 하나는 묵운으로 쳐냈다. 이 모든 일련의 과정이 촌각도 되지 않아 벌어졌다.

한데 그것이 끝이 아니었다.

풍월이 공격을 시작하는 것과 동시에 어둠 속으로 몸을 숨긴 형웅이 공격에서 살아남은 나머지 설화단원을 암습하기 시작했다.

동료들의 죽음으로 인해 순간적으로 사고가 마비된 설화단원들은 형웅의 공격을 제대로 의식도 하지 못한 채 속수무책으로 당하고 말았으니, 뒤늦게 반응한 해연이 형웅을 막아설 때까지 또다시 네 명이 목숨을 잃은 것이다.

"아!"

북리청의 입에서 절망감 가득한 탄식이 터져 나왔다.

십수 년간 애써 키운 설화단이 전멸에 가까운 타격을 받았다. 삼십에 이르렀던 설화단원 중 남은 수는 고작 대여섯에 불과했다.

제대로 된 성장을 위해 어느 정도 피해는 감수할 수 있다고 각오했으나 이렇듯 괴멸적인 타격은 상상도 하지 못한 것이었다.

풍월과 그 일행을 얕본 북해빙궁의 실수였고, 자신의 오만함이 부른 참사였기에 가슴이 더욱 쓰렸다.

북리청이 검을 들었다.

그녀의 살기 어린 눈이 황천룡과 유연청에게 향했다.

풍월이 그녀의 수족을 잘라 버렸듯, 그녀 또한 형응을 도와 설화단을 공격하기 시작한 황천룡과 유연청의 숨통을 끊어버려 풍월에게 자신과 똑같은 고통을 안겨주고 싶었다.

유연청과 황천룡을 향해 막 걸음을 옮기려던 북리청.

하지만 그녀는 한 걸음도 떼지 못했다. 뒤쪽에서 들려오는 폭음과 외마디 비명이 그녀의 몸을 옥죄었기 때문이다.

북리청이 고개를 돌린 순간, 그녀의 발치로 피투성이로 변해 버린 증영이 날아와 처박혔다.

북리청의 표정이 다시금 경악으로 물들었다.

풍월이 강하다는 것은 조금 전에 보여줬던 일련의 움직임만으로도 뼈저리게 느꼈다. 상대를 경시했던 대가 또한 설화단의 괴멸로써 처절하게 치렀다.

그렇지만 이건 아니었다.

귀수도 증영이 어떤 인물인가.

장성을 벗어나, 흔히들 새외라 불리는 곳에서 수많은 강자를 쓰러뜨리며 명성을 떨치던 고수였다.

북해십천의 일원에게 도전을 했다가 패한 인연으로 북해빙궁의 호법이 되었다지만 그 누구도 그의 실력을 폄하하지 못했다. 게다가 그와 함께 싸우는 동방효와 북해일창 마홍은 증영을 능가하는 고수다. 그런 고수 세 명이 펼치는 합공은 가히 상상도 할 수 없는 위력을 지녔을 터였다.

한데 잠깐 시선을 돌린 사이 말도 안 되는 일이 벌어졌다.

발 아래 처참하게 처박힌, 한 팔을 잃고 쩍 벌어진 상처에서 붉은 피를 콸콸 쏟아내는 증영은 그가 알고 있던 귀수도가 아니었다.

"합공이 깨졌단 말인가? 그것도 이 짧은 시간에……."

북리청이 차마 말을 잇지 못할 때 발 아래 꿈틀거리던 증영이 남은 한 팔을 겨우 뻗어 그녀의 경장을 잡아당겼다.

"괴, 괴물… 어서 도움을… 자칫… 하면 모두 죽는……."

증영은 마지막 말도 맺지 못하고 허무하게 고개를 떨궜다.

북리청의 몸이 파르르 떨렸다.

죽는 순간 보여줬던 증영의 눈빛은 분명 공포에 젖어 있었다.

평생을 생과 사의 경계에서 유희하며 살아온 그가 공포심을 느낄 정도라니 상상조차 되지 않았다.

심호흡을 하며 애써 마음을 가다듬은 북리청이 어느새 조금 떨어진 곳으로 이동한 전장을 살폈다.

어둠을 환히 밝히는 검광과 그 검광에 맞서 싸우는 두 사람.

동방효는 스치기만 해도 살이 찢기고 뼈마저 잘려 나갈 정도로 날카로운 원륜을 자유자재로 움직이며 풍월을 압박했다.

특히 월륜 특유의 변화막측한 움직임은 도저히 눈으로 쫓을 수가 없을 정도로 빠르고 화려해서 절로 감탄을 자아내게 했다.

북해무림에서 최고의 창술을 지녔다 하여 북해일창이라는 명예로운 칭호를 얻은 마홍은 지금껏 북해십천의 수좌에게만 유일하게 낙성창법(落星槍法)을 펼치며 풍월을 위협했다.

칠십이식으로 이뤄진 낙성창법은 빠르기와 날카로움을 장점으로 하는 창법으로 특히 절초 중의 절초라 할 수 있는 유성추혼(流星追魂)은 가히 천하제일이라 칭해지는 악가창법을 능가한다고 평해질 정도였다.

하지만 정작 그녀를 기절할 만큼 놀라게 만든 사람은 풍월이었다.

"저, 저게 대체……."

북리청은 난생 처음 보는 광경에 입을 쩍 벌린 채 할 말을 잃었다.

곁에서 지켜보는 이는 물론이고 그 월륜을 움직이는 동방효조차 제대로 예측하지 못할 정도로 다변하는 월륜을 완벽하게 틀어막는 묵운.

한 번 창을 움직일 때마다 수십, 수백의 창영이 난무하는 낙성창법을 너무도 손쉽게 무력화시키는 묵뢰.

왼손으론 자하검법을, 오른손으론 천마무적도를 펼치는 풍월의 모습은 상식적으로 이해가 되지는 않는 것이었다.

"어, 어찌 인간이 한 번에 두 가지 무공을 사용할 수 있단 말인가! 게다가 저건……."

북리청은 풍월이 펼치는 자하검법과 천마무적도가 전혀 다른 성질의 무공임을 한눈에 알아봤다.

"말도 안 되는!"

북리청이 놀라 부르짖었다.

그녀의 상식으로 동시에 두 가지 무공을 사용하는 것도 있을 수 없는 일이었다. 한데 그 무공의 성질마저 완전히 달랐으니.

"괴물……."

북리청이 자신도 모르게 읊조린 말. 그녀는 증영이 어째서 괴물이란 말은 남기고 숨을 거뒀는지 비로소 이해를 할 수가 있었다.

하지만 언제까지 놀라고 있을 수는 없었다.

이미 한 축을 담당하고 있는 증영이 목숨을 잃은 상황에서 풍월의 움직임은 무척이나 여유로워 보이는 반면, 동방효와 마홍이 기세 좋게 합공을 하고는 있으나 무척이나 위태로워 보였다.

툭.

검집을 버린 북리청이 빙백한천공을 극성으로 펼치며 검을 들었다.

그녀의 신형이 전장에 도착할 즈음, 서리가 내린 그녀의 검은 본래의 색을 잃고 새하얗게 변한 상태였다.

제70장

기습

조용히 문이 열렸다.

구양봉이 마셔야 할 탕약을 들고 들어온 용패가 졸고 있는 왕수인을 보곤 옆구리를 툭 걷어찼다.

화들짝 놀란 왕수인이 용패를 향해 눈을 부라렸지만, 용패는 콧방귀를 뀐 뒤 조심스레 말했다.

"탕약입니다."

지그시 눈을 감고 있던 제갈총이 고개를 돌리며 말했다.

"후! 더 이상은 탕약도 의미가 없는 것을. 아무튼 준비를 했다니 먹여보거라."

한숨을 내쉰 제갈총이 옆으로 비켜 앉자 무릎을 꿇고 앉은 용패가 왕수인을 향해 고개를 돌렸다.

용패가 구시렁거리며 다가온 왕수인의 도움을 받아 신중히 탕약을 먹이고 물러나며 물었다.

"탕약이 듣지 않는 것입니까?"

"그래, 약이나 침으로 다스리기엔 이미 한계가 왔다. 남은 것은 이제 한 가지 방법뿐이야. 놈이 제대로 오고 있는 것은 맞겠지?"

"예, 아마도 내일이면……."

잠시 자리를 비웠던 태상장로 연육이 피곤한 얼굴로 들어서며 용패의 말을 끊었다.

"오봉산 인근에 도착했다고 하니 틀림없다."

내일이란 말에 어둡던 제갈총의 안색이 조금은 펴졌다.

"다행이네. 하루 정도야 어떻게든 버틸 수는 있을 테니까."

하루라는 말에 연육의 표정이 딱딱하게 굳었다.

"그 정도냐?"

"지금껏 곁에 있으면서 뭘 본 거야! 아까도 내가 말했잖아. 한계라고. 버티고 있는 것만으로도 기적이라고."

제갈총이 신경질적으로 소리쳤다.

"그… 래, 그랬지."

연육이 힘없이 고개를 끄덕였다. 하나 알면서도 자꾸만 부정하고 싶은 현실이기에 어쩔 수가 없었다.

"그나저나 괜찮겠어?"

제갈총이 연육 뒤에 서 있는 장로 노염을 보며 물었다.

"버틸 만합니다."

노염이 애써 밝은 표정을 지으며 말했다.

누가 보더라도 힘든 기색이 역력했다. 당장 구양봉 옆에 나란히 누워 치료를 받는 것이 당연해 보일 정도로 노염의 상태는 좋지 않아 보였다.

"대신할 사람이 그렇게도 없어?"

제갈총이 연육에게 물었다.

"어쩔 수 없어. 북해빙궁 놈들이 소림을 노리고 이동 중이라는데 그냥 두고 볼 수도 없고. 그렇다고 아무나 치료에 투입할 수도 없잖아. 최소한 장로급은 되어야 빙백한천투살공의 음한지기에 대항할 수 있는 양강지력을 지녔는데."

연육도 답답한 얼굴이었다.

그동안 구양봉의 몸을 잠식한 음한지기에 대응하기 위해 장로들이 돌아가며 양강지력을 몸에 불어넣었으나 며칠 전, 북해빙궁이 소림사를 치기 위해 은밀히 움직이고 있다는 정보가 입수된 후, 현재 상당수의 장로들이 개방의 총단을 떠난 상태였다.

소림사는 단순히 하나의 문파가 아니라 정도문파를 상징하는 곳이다. 반드시 지켜야 했기에 개방의 상황이 좋지 않음에도 대장로 독수신개(獨手神丐)를 필두로 상당한 인원이 소림사로 향했다.

그 바람에 구양봉의 치료를 위해 남은, 한 시진에 한 번씩 양강지력을 쏟아 부어야 하는 몇몇 장로들만 죽을 고생을 하는 중이었다.

"북해빙궁이 대단하긴 대단해. 다른 곳도 아니고 소림사를 정면으로 노리다니 말이야. 과거에도 대단하긴 했지만, 이번엔 그때보다 더욱 세를 키운 것 같고."

"솔직히 무서울 정도다. 특히 빙백한천투살공의 위력은 과거와 비할 바가 아니야. 빙제(氷帝)의 무공을 완벽하게 부활시켰다고 하더니만 정말 그런 것 같다."

"빙제의 무공이라……."

제갈총의 입에서 나직한 신음이 흘러나왔다.

빙제 북리황.

천마가 중원무림에 군림하기 직전, 중원무림을 공포에 떨게 만들었던 절대자였다.

팔대마존 중 뇌정마존과 적룡마존이 그에 패한 적이 있고, 우내오존 중 파천신부 역시 그에게 패한 적이 있었다.

그들의 실력이 완숙한 경지에 이르기 전에 이뤄졌던 싸움이긴 했으나, 그들 말고도 당시 무림에 명성을 떨쳤던 많은 고수들이 빙제에게 무릎을 꿇은 터. 빙제의 무공에 대해 이견을 제시하는 사람은 아무도 없었다.

하지만 천수를 다하고 쓰러지지 않았다면 천마와 고금제일의 자리를 놓고 다투었을 것이라고 떠들어댈 정도로 대단한 고수였다. 그런 빙제의 무공은 그의 사후, 북해빙궁에서 벌어진 내부 다툼으로 인해 많은 부분이 사장되었다고 알려졌다.

틈만 나면 중원무림을 넘봤던 북해빙궁이 수백 년 동안 침묵하다 근래 들어 다시 준동하기 시작한 것도 잃어버린 빙제의 무공을 이제야 겨우 제대로 수습했기 때문이다. 이는 곧 중원무림에 큰 위기가 닥쳤다는 것을 의미하는 것이기도 했다.

"어쨌거나 시간이 되었으니 준비하지. 놈이 내일 도착한다고 하니까 조금만 더 고생을 해."

"예, 걱정 마십시오."

노염이 애써 웃음 지으며 구양봉에게 다가갈 때였다. 갑자기 바깥이 소란스러워지며 사방에서 온갖 소음이 들려왔다.

"이 밤중에 뭔 난리야?"

제갈총이 이맛살을 찌푸리며 연육을 돌아보았다.

연육이 곤혹스러운 얼굴로 고개를 저었다.

무슨 일이 난 것인지 모르기는 연육도 마찬가지였다.

"가서 알아보거라."

제갈총과 시선을 마주친 용패가 밖으로 나가려 할 때 방문이 거칠게 열어젖히며 한 사내가 뛰어들어 왔다.

"태, 태상장로님!"

사내가 다급히 태상장로를 찾았다.

"호선이구나. 무슨 일이기에 이리 소란이냐?"

연육이 잔뜩 굳은 얼굴로 물었다.

늦은 밤에 들려오는 소리도 그렇고, 호선이 저렇듯 다급하게 자신을 찾는다는 것은 분명 뭔가 큰일이 벌어졌음을 의미했다.

"부, 북해빙궁이, 북해빙궁이 쳐들어왔습니다."

호선이 절규하듯 소리쳤다.

연육은 호선이 무슨 소리를 하는 것인지 처음엔 이해를 하지 못했다.

연육뿐만 아니라 방 안에 있는 모든 이들이 멍한 얼굴로 바라볼 때 창문 밖이 훤해졌다.

매캐한 냄새도 느껴졌다.

그것이 의미하는 바는 명료했다.

"북해빙궁? 소, 소림을 친다던 놈들이 왜?"

"당했군."

"당하다니?"

"소림이 아니라 개방이란 말이다."

연육이 당황하여 정신을 차리지 못할 때 제갈총은 개방이 처한 상황을 정확히 꿰뚫어 봤다.

"소… 림이 아니라 개… 방?"

떨리는 목소리로 묻던 연육이 얼굴을 감싸 쥐었다.

"맙소사!"

연육의 입에서 절망 어린 비명이 터져 나왔다.

"정신 차려! 개방의 가장 큰 어른이란 작자가 뭐 하는 짓이야? 잘못하면 다 죽어!"

제갈총이 버럭 소리를 질렀다.

고개를 숙인 채 한참 동안이나 침묵하던 연육이 천천히 고개를 들었다. 그러고는 쓸쓸한 웃음을 지으며 말했다.

"정말 제대로 당했다. 놈들이 소림이 아니라 개방을 노렸다는 것을 지금에서야 알아차렸다는 것은 돌이킬 수 없는 실수야. 젠장, 방주와 후개가 저 꼴만 되지 않았어도 이런 일은 없었을 텐데."

그사이 밖으로 달려 나갔던 노염이 창백해진 얼굴로 되돌아왔다.

"태상장로님."

"상황이 어때?"

노염이 무겁게 고개를 저었다.

"퇴로는?"

"이미 차단된 것으로 보입니다. 그나마 남쪽이 약해 보이기는 한데……."

"함정일 수도 있다는 것이지?"

"예."

"그래도 할 수 없지. 우리가 선택할 여지는 없으니까. 호선아."

"예, 태상장로님."

"후개를 업어라."

"알겠습니다."

돌아가는 상황을 조용히 지켜보던 호선은 이미 연육의 의도를 파악하곤 구양봉을 업고는 침상에 깔려 있던 얇은 이불로 단단히 동여맸다.

"어쩌려고?"

제갈총이 물었다.

"이놈은 반드시 살려야 해. 개방의 정예는 소림사에 그대로 남아 있어. 이놈만 살아 있으면 개방은 언제든지 재기할 수 있다. 퇴로는 우리가 뚫을 테니까 후개를 부탁한다."

"이제 금침이나 탕약으론 버티지 못해. 탈출에 성공한다고 하더라도 한 시진에 한 번씩 양강지력을 불어넣지 않으면…

아니다, 됐다. 한번 해보자."

불가능을 토로하려던 제갈총은 화산처럼 활활 타오르는 연육의 눈동자를 보곤 입을 다물었다.

*   *   *

"부, 북해빙궁!"

사방에서 벌어지는 싸움에 참여하지 못하고 암석 뒤에 몰래 숨어 있던 호광이 북리청의 무공을 알아보고 비명을 질렀다.

그는 개방의 방주와 후개에게 치명상을 입힌 북해빙궁의 고수가 바로 북리청과 똑같은 무공을 사용했음을 정확히 기억하고 있었다.

조금 떨어진 곳에서 들려온 외침이었으나 풍월은 이를 놓치지 않았다.

"북해빙궁? 개천회가 아니라?"

고개를 갸웃거리는 풍월이 이내 코웃음을 쳤다.

"역시 우리의 예상이 맞았군. 북해빙궁도 개천회의 주구였어."

주구라는 말에 북리청이 발끈해서 소리쳤다.

"주구라니! 함부로 지껄이지 마라. 개천회 따위가 우리를 어찌할 수 있다고 보느냐?"

"이보시오, 할멈. 당신들이 여기 온 것만으로도 이미 증명이 된 것 아닌가?"

"흥, 개천회와는 단순히 서로의 이익이 맞아떨어져 손을 잡은 것뿐이다. 물론 네 녀석에 대한 정보를 개천회에서 얻은 것은 맞다. 아마도 몇 번이나 너를 제거하려다 실패를 한 개천회는 우리가 네 녀석을 처리해 주길 바라는 마음이었겠지만."

"그걸 알면서도?"

"네가 개방으로 향하는 순간부터 지금 같은 상황은 이미 예견된 수순이다. 아니냐?"

북리청의 반문에 풍월이 어깨를 으쓱했다.

"아마도. 당신들이 구양 형님을 그렇게 만든 순간부터 피할 수 없는 싸움이 되기는 했지."

"해서 기다린 것이다. 만반의 준비를 했지만……."

북리청은 준비라는 단어가 무색할 정도로 모든 계획이 철저하게 박살 난 것을 상기하며 입술을 꽉 깨물었다.

"계획은 수정하라고 있는 것이지. 네 녀석이 이곳에서 죽는다는 것은 변함이 없을 것이다."

"하하! 할멈의 바람을 들어주고 싶기는 한데 미안해서 어쩌나. 구양 형님이 기다리고 있어서 그럴 수가 없네."

풍월의 조롱에 북리청은 화를 내지 않았다. 오히려 조소를 지어 보이며 차갑게 말했다.

"후개 말이냐? 영원히 볼 일이 없을 게다."

순간, 풍월의 입가에서 미소가 사라졌다.

"무슨 뜻이오?"

"이 밤이 가기 전, 개방이 지워진다는 말이다."

"……."

"아, 네놈과는 별 상관없는 일이다. 공교롭게도 일이 겹치기는 했지만 애당초 이번 계획은 개방 방주의 숨통이 끊어졌을 때부터 마련된 것이니까. 사실 이만한 기회가 없지."

풍월이 아무런 대꾸도 없이 묵뢰와 묵운을 거칠게 쥐었다. 그런 풍월을 보며 북리청이 느긋한 웃음을 지었다.

"지금 달려가도 소용없다. 네 녀석이 아무리 빨리 달려간다 한들 총단에 도착해 봤자 볼 수 있는 것은 잿더미뿐일 테니까."

북리청은 풍월의 화를 돋우며 동방효 등에게 눈짓을 했다.

제아무리 뛰어난 고수라 하더라도 싸움에 있어 흥분은 절대 금물인 법이다.

풍월이 개방의 일로 흥분하여 날뛰면 반드시 허점이 생길 터. 기회를 놓치지 않기 위함이었다.

하지만 비록 나이는 어리다고 하나 풍월은 그 나이에서 할 수 없는 온갖 경험을 겪었다.

개방이 위험하고 구양봉이 목숨을 잃을 것이란 말을 듣는 순간부터 심장이 미친 듯이 폭주하고 있지만, 반대로 머리는 차갑게 식어 있었다.

풍월은 북해빙궁의 힘이 아무리 강하다 하더라도 개방이라면 그리 쉽게 당할 것이라 생각하지 않았다. 더불어 그곳엔 지금 생사의괴가 있다. 어떤 상황에서라도 후개의 목숨은 지켜줄 것이라는 믿음이 있었다.

'어린놈이 뭐가 저리 침착해.'

동방효는 북리청의 도발에도 평정심을 유지하고 있는 풍월을 보며 곤혹스러운 표정을 지었다.

'제길, 정말 고수다. 그것도 우리가 알고 있는 것보다 훨씬 강한.'

이미 몇 번의 공방을 통해 뼈저리게 느끼고 있지만 새삼 풍월의 강함이 온몸으로 전해졌다.

자신과 같은 불안감을 느꼈는지 창을 쥔 마홍의 몸이 들썩이고 있었다.

마홍이 참지 못하고 창을 찔렀다.

파파파파팡!

창의 회전이 불러온 회오리가 풍월을 매섭게 몰아쳤다.

단순한 회오리가 아니다.

평생의 공력을 실었기에 칼날처럼 날카롭고 태산처럼 무거웠다.

바람에 스친 바위가 가루가 되어 사라지고 나무가 찢겨져 나갈 정도였다.

풍월도 감히 경시하지 못하고 신중히 묵뢰를 움직이며 마홍의 공격을 막아냈다.

기선을 잡았다고 여긴 동방효가 즉시 월륜을 날렸다.

마홍이 일으킨 바람을 타고 날아든 월륜이 풍월의 주변을 에워싸고 있는 도막을 단숨에 찢어버리며 짓쳐들었다.

북리청의 검이 월륜의 뒤를 이었다.

하늘 높이 도약했다가 내리꽂히는 검의 위력은 가히 경천동지. 더구나 빙백한천공의 힘이 실렸는지 검이 움직이는 궤적의 모든 것이 얼어붙었다.

마홍의 공격에 움직임이 막혀 버린 상황에서 이어진 합공이다.

"아!"

싸움을 지켜보던 호광의 입에서 안타까운 탄식이 터져 나왔다.

호광은 풍월이 적들의 공격에 제대로 반응을 하지 못한다고 여겼다.

빠져나갈 구멍은 전혀 보이지 않는 절체절명의 위기 상황.

호광은 차마 보지 못하고 두 눈을 질끈 감고 말았다.

그랬기에 보지 못했다.

적들의 공격을 바라보는 풍월의 입가에 지어진 오만한 냉소를.

냉소와 함께 풍월의 단전에서 맹렬히 힘을 키우던 자하신공과 천마대공의 힘이 묵뢰와 묵운에 전해졌다.

"타하핫!"

풍월의 입에서 힘찬 기합성이 터져 나왔다.

무림사에서 능히 다섯 손가락 안에 꼽히는 자하검법과 천마무적도가 동시에 펼쳐졌다.

꽈꽈꽈꽈꽝!

강렬한 충돌과 함께 터져 나오는 폭음, 사위를 휩쓰는 엄청난 충격파로 인해 오봉산 전체가 뒤흔들렸다.

동방효는 자하검법에 막혀 힘없이 튕겨져 나오는 월륜을 재빨리 회수했다.

손목이 부러지는 듯한 느낌을 받으면서도 이를 악물고 재차 월륜을 던졌다. 순간 수십, 수백 개의 환영을 만들어낸 월륜이 그와 풍월 사이의 모든 공간을 장악했다.

천마무적도와 정면으로 맞부딪친 마홍과 북리청도 재차 반격을 가했다.

단 한 번의 충돌로 왼팔이 부러진 마홍이 쓰러질듯 온몸에 힘을 실어 창을 던지자 빛살처럼 날아간 장창이 주변을 장악한 월륜마저 소멸시키며 짓쳐들었다.

이미 한 움큼의 피를 통해낸 북리청도 그녀가 할 수 있는 최대한의 힘을 쥐어짜 검을 휘둘렀다.

이 장 높이로 치솟은 검광이 월륜과 어우러지며 온 세상을 환하게 밝혔다.

숨조차 제대로 쉬지 못할 정도로 무지막지한 압박감에 풍월의 낯빛이 살짝 일그러졌다.

스치기만 해도 전신이 갈가리 찢겨 나갈 정도의 공격이 사방에서 들이쳤다.

첫 공방에서도 느꼈지만 북해빙궁의 노고수들이 펼쳐내는 합공은 생각보다 강력했다.

물러설 곳은 없었다.

생과 사의 경계, 눈앞의 적을 죽이지 못하면 자신이 죽어야 하는 극한의 상황.

지금껏 겪어보지 못했을 정도로 날카롭고, 변화막측하며 맹렬한 공세에 맞서 풍월 역시 전력을 다해야 했다.

손목이 시큰할 정도로 꽉 움켜쥔 묵운에서 화산파를 무림 최고의 검문으로 만들었던 자하검법의 절초들이 쏟아져 나오고, 묵뢰에선 고금제일인 천마의 독문도법이 펼쳐졌다. 이와 동시에 자연스레 일어난 호신강기, 천마탄강이 풍월의 전신을 보호했다.

꽈꽝꽈꽈꽝!

활화산 같은 폭발음이 연속적으로 터져 나왔다.

한데 뒤엉킨 네 사람은 장소에 구애받지 않고 사방을 휩쓸며 치열한 접전을 펼쳤다. 그 바람에 완벽히 존재를 지우고 사라진 형웅과 해연을 제외한 주변의 모든 싸움은 이미 멈춘 상태였다. 오히려 그들의 싸움에 휘말리지 않기 위해 이리저리 몸을 피하느라 바쁠 지경이었다.

"젠장, 도대체 뭐가 어떻게 되고 있는 겁니까?"

조금 전, 풍월의 싸움에 휘말렸다가 눈먼 강기에 목숨을 잃을 뻔한 황천룡이 목덜미를 타고 흐르는 피를 지혈시키며 잔뜩 인상을 썼다.

"글쎄요. 눈이 있다고 해도 상황이 저런데 어떻게 알 수 있겠어요."

유연청이 전방에 시선을 고정시킨 채 고개를 저었다.

연이어 번쩍이는 검광과 충돌 시에 피어나는 불꽃으로 인해 서로 뒤엉킨 그림자는 순간적으로 확인할 수 있지만, 워낙에 짙은 어둠과 그들의 충돌이 만들어낸 흙먼지로 인해 뭔가를 확인하기란 사실상 불가능했다.

다만 끊임없이 터져 나오는 거센 충돌음, 격렬한 외침과 함성, 고통의 신음 소리가 그들이 지금 얼마나 치열한 싸움을 펼치고 있는지를 미루어 짐작할 수 있게 해줬다.

"형응은 어디에 있는 거야?"

황천룡이 사라진 형응을 찾아 고개를 흔들 때였다.

전방을 주시하고 있던 유연청의 입에서 의미를 알 수 없는 탄식이 터져 나왔다.

"무슨 일입니까?"

황급히 고개를 돌린 황천룡이 유연청의 어깨를 잡으며 물었다.

굳이 대답은 필요 없었다.

어둠을 뚫고 날아온 두 개의 물체가 약간의 시차를 두고 그들 발 아래까지 굴러왔기 때문이다.

첫 번째 물건이 그 무엇보다 풍월을 위협했던 월륜이라는 것을 확인한 황천룡이 주먹을 불끈 쥐었다. 이어 떨어진 물체는 놀랍게도 월륜의 주인 동방효의 목이었다.

"으헉!"

깜짝 놀란 황천룡이 비명을 지르며 뒷걸음질을 쳤다.

동방효는 죽음을 직감한 것인지, 아니면 혼신의 힘을 다해 싸우는 상황에서 죽음을 의식할 사이도 없이 숨이 끊어진 것인지 두 눈은 부릅뜬 채 힘을 주느라 이를 악문 표정이었다.

"흐흐흐. 끝났군."

동방효의 죽음을 확인한 황천룡은 풍월의 승리를 확신했다.

세 개의 바퀴가 톱니처럼 맞물리며 이어졌던 합공이다. 그 중 하나가 무너졌다면 다른 두 개의 바퀴 역시 같은 신세를 면키는 힘들 터였다.

황천룡의 말이 끝나기도 전이었다.

"크으으으."

고통스러운 신음과 함께 마홍의 무릎이 꺾였다.

부러진 왼팔은 힘없이 덜렁거렸고 그토록 맹렬하게 장창을 휘둘렀던 오른쪽 팔은 어깨부터 사라져 온데간데없었다.

잘린 어깨에서 뿜어져 나오는 피가 그의 전신은 물론이고 주변마저 붉게 적셨다.

마홍이 천천히 고개를 들어 정면을 바라보았다.

잘린 팔과 잃어버린 창이 눈에 들어왔다.

창을 따라 시선을 움직이자 자신의 창에 가슴이 꿰뚫린 채 힘겹게 숨을 내뱉고 있는 북리청이 보였다.

"빌어… 먹을……."

마홍의 고개가 힘없이 꺾였다.

"기가 막히… 는구나."

반쯤 부러진 나무에 등을 기댄 북리청의 입에서 실소가 터져 나왔다.

처음 개천회가 풍월의 움직임을 전해왔을 때 호들갑을 떤다고 생각했다. 풍월의 행보를 확인하고 그가 결코 만만치 않은 상대라는 것을 인식했지만, 그 판단 또한 완전히 잘못된 것이었다.

만만치 않은 상대가 아니라 실로 감당키 힘든 고수였다.

하지만 설사 그렇다고 하더라도 이렇듯 합공을 하고서 패할 줄은 상상하지도 못했다.

"이게 끝… 이라고 생각하지 마라. 본 궁에는 우리보다 훨씬 강한 고수들이 있… 으니까."

툭.

북리청의 손에서 검이 떨어졌다.

검이 땅에 떨어지는 것과 동시에 그녀의 머리 또한 힘없이 떨어졌다.

"후우."

북리청의 죽음을 확인한 풍월이 긴 숨을 내뱉었다.

치열하고도 힘든 싸움이었다.

무림의 태산북두라는 소림사와 개방, 산동악가 등이 하나가 되어 싸우는데도 어째서 그토록 버거워하는지 절로 이해가 되었다.

"괜찮아요?"

유연청이 걱정스러운 얼굴로 물었다.

그녀의 시선이 반쯤 찌그러진 월륜이 단단히 박혀 있는 왼쪽 어깨로 향했다.

"괜찮아."

생각보다는 깊게 박혔지만 고통이 크지는 않았다.

어깨 부상의 대가로 가장 까다로운 상대였던 동방효의 숨통을 끊었으니 충분히 남는 장사라 할 수 있었다.

풍월은 어깨 외에도 자잘한 부상을 많이 당했지만 큰 후유증이나 목숨을 걱정할 정도의 부상은 없었다.

마홍의 창이 훑고 지나간 옆구리의 상처가 그나마 깊었는데 어깨에 비할 정도는 아니었다.

정작 풍월을 가장 힘들게 한 부상은 외상이 아니라 내상이었다.

북리청의 검에는 빙제가 남긴 빙백한천공의 음한지기가 실려 있었는데, 북리청의 공세에 맞설 때마다 이 음한지기가 몸을 침범해 왔다.

물리적인 힘이 아니라 그런 것인지 천마탄강으로도 막을 수가 없었기에 싸움을 하는 내내 몸을 파고드는 음한지기를 제어하느라 꽤나 고생을 했다. 특히, 음한지기를 막기 위해 천마대공의 힘을 마음껏 쓰지 못해 천마무적도의 위력 또한 원하는 만큼 발휘할 수가 없었다.

'북해빙궁의 무공이 특성인 듯한데, 조금 생각해 볼 필요가 있겠다.'

북리청보다 더 강한 고수를 만나거나 그런 자들의 합공을 받을 경우 몸을 파고드는 음한지기는 분명 큰 문제가 될 터. 이를 안전하게 막아낼 방법을 연구할 필요성이 느껴졌다.

"그런데 형웅은 어디를 간 거냐?"

황천룡이 전장을 둘러보다 커다란 바위 뒤에서 엉거주춤 기어 나오는 호광에게 물었다.

주변에 남아 있는 사람은 그들 넷을 제외하고 겨우 목숨을 구한 채 어쩔 줄을 몰라 하는 설화단원 셋이 전부였다.

"풍 공자님의 싸움이 시작될 때 따로 움직이셨습니다. 저 계집들의 우두머리로 보이는 계집과."

호광이 설화단원들을 가리키며 말했다.

"자신과 같은 부류가 있다더니만. 아마도 따로 승부를 보려는 모양입니다."

풍월의 말에 황천룡이 심각한 표정으로 되물었다.

"설마 당한 건 아니겠지?"

"에이, 그건 형웅한테는 모욕적인 말일걸요."

어깨에 박힌 월륜을 빼느라 잠시 인상을 찌푸리던 풍월이 어이가 없다는 듯 웃었다.

"시간이 이리 지났는데도 안 오니……."

황천룡이 억울하단 얼굴로 대꾸하다 입을 다물었다. 마치 그의 말을 듣기라도 한 듯 형웅이 무표정한 얼굴로 걸어오고 있었기 때문이다.

"많이 당했네요."

형웅이 피로 물든 풍월의 어깨를 바라보며 말했다.

"상대가 그 정도였는데 이 정도면 양호하지. 그러는 너도 조금 고생한 모양이다."

풍월이 형웅의 가슴 어귀가 피에 젖어 있는 것을 응시하며 말했다.

"고생까지는 아닌데 비장의 한 수가 있더라고요. 분신술이라고 해야 하나. 아무튼 요상한 재주가 있어서 조금 위험하기는 했어요."

그다지 대수롭지 않게 말을 했지만 평소 형웅의 반응을 감안했을 때 해연의 살예가 얼마나 위험했을지 충분히 짐작할 수 있었다.

"애썼다."

형웅의 어깨를 가볍게 두드려 준 풍월이 여전히 움직이지 못하고 있는 설화단원들을 돌아보며 외쳤다.

"목숨은 살려줄 테니 알아서 수습해. 이대로 두면 들짐승의 밥이 될 테니까."

풍월은 그들의 대답도 듣지 않고 몸을 돌려 달리기 시작했다.

격전으로 인해 몸 곳곳이 쑤셨지만 개방의 위기를 알게 된 상황에서 한시도 지체할 수 없었다.

호광이 눈치 있게 앞으로 나서며 길을 안내했다.

황천룡과 유연청이 풍월의 뒤를 따를 때, 잠시 머뭇거리던 형응은 풍월이 아니라 생존한 설화단원들을 향해 움직였다. 그러고는 정신적인 충격에 아직도 헤어 나오지 못하고 있는 그녀들을 조용히 잠재웠다.

"야, 왜?"

뒤늦게 따라붙은 형응을 보며 그 이유를 짐작한 듯 황천룡이 목소리를 낮춰 물었다.

"어쩔 수 없었습니다. 개방까지 위험한 상황에서 우리의 행보가 노출되면 안 되니까요. 우리의 움직임이 적들에게 파악되면 변수가 될 수 없습니다."

너무나도 단호한 말에 황천룡은 그저 고개를 끄덕일 수밖에 없었다.

황천룡이 자신을 스쳐 지나가는 형응을 물끄러미 바라보았다.

나이와는 상관없이 지금껏 어리게만 보았던 형응의 냉정하고 침착한 모습이 무척이나 듬직하면서도 한편으론 조금 어색하게 다가왔다.

*   *   *

"헉! 헉! 헉!"

발을 내디딜 때마다 거친 숨이 턱밑까지 치고 올라왔다.

그렇지 않아도 험한 용패의 표정이 흉신악살처럼 무섭게 변했다.

"교대할까?"

왕수인이 걱정스러운 얼굴로 그와 등에 업힌 구양봉을 살펴보며 물었다.

"됐어요. 그런 저질 체력으로 뭘 한다고. 사형은 사부님이나 살펴요. 내색은 하지 않으시는데 부상이 심하신 것 같으니까."

"그래, 알았다."

고개를 끄덕인 왕수인이 후미에서 따라오는 제갈총을 향해 걸어갔다.

용패의 말대로 제갈총의 부상은 제법 심각해 보였다.

핏기가 사라진 얼굴은 지친 기색이 역력했고, 전신이 붉은 피로 물들어 있었다. 대부분의 피가 적의 것임을 알고는 있지만 제갈총의 당한 부상도 결코 만만치는 않은 것이었다.

"왜?"

제갈총이 슬그머니 곁으로 다가와 부축하는 왕수인을 심드렁한 얼굴로 바라보았다.

"그냥요."

"이 사부가 걱정되는 것이냐?"

"걱정이라기보다는……."

"걱정하지 마라. 이 정도 부상에 어찌 될 만큼 나약하지 않으니까."

"적들의 실력도 만만치 않으니까 그렇죠."

왕수인이 한숨을 내쉬며 말했다.

지난밤, 포위망을 뚫기 위해 얼마나 고생을 했던가.

개방의 총단을 에워싼 북해빙궁은 남쪽 방향에 의도적으로 약점을 보여 탈출을 꾀하는 자들을 유인했다.

알면서도 그들의 유인책에 걸려들 수밖에 없었던 생사의괴의 일행은 뭐라 말로 표현하기 힘들 정도의 위험과 고통을 겪으며 겨우 탈출에 성공할 수 있었다.

구양봉을 치료하느라 평소의 실력을 발휘할 수 없었던 노염은 북해빙궁의 고수와 동귀어진을 선택하며 개방의 기개를 보였고, 태상장로 연육은 시간을 끌기 위해 추격대와 홀로 맞서다 장렬하게 산화했다.

연육과 노염 외에도 개방의 수많은 이들이 초개와 같이 목숨을 던졌는데, 그 모든 것이 용패의 등에 업혀 탈출하고 있는 후개를 살리기 위함이었다.

"그런데 제대로 가고 있는 것인지 모르겠습니다."

"뭐가 말이냐?"

"무작정 남쪽으로 간다고 만나는 것이 아니잖아요."

"무슨 생각이 있겠지. 어느 정도는 약속된 길이 있지 않겠느냐?"

제갈총이 선두에서 무리를 이끌고 있는 호선을 가리키며 말을 이었다.

"문제는 추격대다. 더 이상 만나면 솔직히 감당하기가 힘들어. 개방의 제자들도 몇 남지 않았고."

애당초 많은 인원이 탈출을 하지도 못했고, 또 연이은 추격대를 맡기 위해 대부분의 인원이 목숨을 잃었다. 이제 남은 인원은 고작 열 명 남짓. 그나마도 제대로 무공을 사용할 수 있는 인원은 다섯 명에 불과했다.

"소식이라도 전해졌으면 좋겠는데요. 서둘러 달려오게."

"그렇다면야 얼마나 좋겠느냐? 하지만 사람 일이라는 것이… 조심해랏!"

제갈총이 왕수인을 확 밀치며 손을 뻗었다.

빛살처럼 날아온 장창이 그의 손아귀를 찢으며 날아갔다.

"음."

제갈총은 찢어진 손을 바라보며 침음을 내뱉었다.

적이 날린 창을 놓쳤다는 것은 분명 심각한 문제였다. 물론 창에 실린 힘이 장난이 아니었으나 평소라면 여유 있게 낚아챘을 터였다. 그만큼 힘이 빠지고 지쳤다는 의미였다.

"크하하하! 쥐새끼들이 이곳에 있었구나!"

설풍단(雪風團) 부단주 마추가 자신의 몸길이만큼이나 긴 창을 빙글빙글 돌리며 웃음을 터뜨렸다. 그의 뒤로 삼십이 넘는 추격대가 모습을 보였다.

제갈총은 그들이 아니라 맨 뒤에서 느긋하게 걸어오는 세 명의 중년인에게 시선을 주고 있었다.

'하북사흉(河北四凶)? 저놈들이 어째서……'

하북 일대를 피로 물들이며 악행을 저지르던 자들의 등장에 제갈총의 눈동자가 크게 흔들렸다.

"오랜만이다, 영감."

하북사흉의 둘째 이형가 스산한 웃음을 지으며 손을 흔들었다.

"크크크! 어째 꼴이 말이 아닌데, 늙은이."

셋째 이괄이 낄낄대며 웃었다.

"걱정하지 마라. 네놈들 숨통을 끊어줄 여력은 충분하니."

제갈총이 가소롭다는 듯 소리치자 이괄이 박수를 치며 웃었다.

"좋아, 그런 자세 아주 좋아. 이렇게 만났는데 시시해선 안 되지."

"할 수 있는 한 최대한 발악을 하시구려. 아, 그리고 충분히 기대해도 좋소. 우리 막내를 죽인 대가는 제대로 받아낼 테니까."

하북사흉의 대형 이개가 부드러운 미소를 지으며 말했다.

입가에는 웃음이 가득했지만 그의 전신에서 피어오르는 살
기는 주변을 질식하게 만들기에 충분했다.

*　　　*　　　*

"뭐라고 써 있어? 정말 놈들 말대로인 거냐?"

황천룡이 막 도착한 전서구의 다리에 묶여 있는 조그만 통
에서 돌돌 말린 헝겊을 꺼내고 있던 호광을 향해 물었다.

"기다려 봐요. 아직 꺼내지도 않았어요."

편잔을 준 풍월이 날개를 퍼덕거리고 있는 전서구를 가만
히 살폈다. 부상을 당한 곳은 없어 보였지만 몸통이며 날개에
피가 잔뜩 묻어 있었다. 아마도 전서구를 날린 자의 피일 것
이다.

"형님이 보낸 겁니다. 상황이 좋지 못한 것 같습니다."

호광이 어두운 얼굴로 헝겊을 건네자 풍월 역시 무거운 표
정으로 헝겊을 받았다. 곳곳에 피가 묻어 있는 헝겊에는 문장
이라기보다는 단어 몇 개가 나열하듯 적혀 있었는데, 당시 상
황이 얼마나 급박했는지를 보여주듯 글자를 알아보기가 힘들
정도였다.

"개방의 총단이 무너졌고 형님을 데리고 탈출하고 있다는 것 같은데 맞습니까?"

더듬더듬 헝겊의 글귀를 해석하던 풍월이 그것을 호광에게 다시 건네며 물었다.

"예, 그렇습니다."

"한데 웅두(熊頭)의 뜻을 모르겠네요. 혹시 지명입니까?"

풍월의 물음에 호광이 고개를 끄덕였다.

"이곳에서 십 리 정도 떨어진 곳에 위치한 조그만 마을의 이름입니다. 마을 어귀에 있는 커다란 바위가 꼭 곰의 머리를 닮았다고 하여 그런 이름이 붙었지요."

"십 리면 금방이군요."

십 리라는 말에 풍월이 반색을 했다. 그 정도 거리는 서둘러 달리면 일각이면 충분히 도착할 수 있었다.

"바로 간다고? 오봉산을 넘고 두 시진 동안 한 번도 쉬지도 않고 달려왔다. 입에서 단내가 난다고. 숨은 좀 돌리고 가자."

황천룡이 힘들어 죽겠다는 표정을 지으며 애원하듯 말했지만 풍월은 단호했다.

"쉬어도 그곳에서 쉬죠. 아니면 이곳에서 조금 쉬었다가 따라붙어도 상관은 없고요."

풍월이 유연청을 보며 힘들면 함께 쉬라는 눈빛을 보냈지만 유연청은 일행의 선두로 나서며 자신의 의지를 드러냈다.

입가에 미소를 지은 풍월이 황천룡보다 더욱 상태가 좋지 않은 호광을 걱정스러운 눈길로 바라보았다.

"어때요? 버틸 수 있겠어요?"

"물론입니다."

힘차게 고개를 끄덕인 호광이 크게 심호흡을 하고는 일행을 돌아보며 소리쳤다.

"이곳에서 웅두까지는 어차피 외길입니다만 지름길로 가로지르면 거리가 훨씬 단축이 됩니다. 길이 조금 험합니다만……"

"시끄럽고. 가려면 빨리 가자. 물론 지름길로."

혼자 낙오하고 싶지 않던 황천룡이 바지를 추켜올리며 소리쳤다. 한데 그 행동이나 표정이 심통 난 어린아이와 어쩌나 닮았던지 다들 웃음을 터뜨리고 말았다.

*　　　　　*　　　　　*

웅두에서 삼 리 정도 떨어진 숲.

추격대에게 덜미를 잡힌 생사의괴 제갈총은 하북사흉과 처절한 싸움을 벌이고 있었다.

개방의 제자들은 후개를 업고 있는 용패를 중심으로 원진을 구축한 채 그들을 포위하고 있는 추격대를 경계했다. 이에 추격대는 그런 개방의 제자들을 조롱하며 느긋하게 하북사흉과 제갈총의 싸움을 지켜보고 있었다. 개방의 제자들 따위는 마음만 먹으면 언제라도 전멸시킬 수 있다는 자신감의 발로였다.

"흠, 저 늙은이의 실력이 정말 대단한데요. 부상을 당한 몸으로 저만큼이나 버텨내다니요. 정상적인 몸이었다면 승부가 어찌 되었을지 모르겠습니다."

설풍단 이대주 형송이 하북사흉과 치열한 싸움을 펼치고 있는 제갈총을 보며 연신 감탄성을 터뜨렸다.

"하지만 승부의 추는 이미 기울었다. 조금 전의 공격이 치명타였어."

싸움이 벌어진 후, 단 한순간도 눈을 떼지 않고 지켜보고 있던 마추가 하북사흉의 승리를 단언했다.

절체절명의 위기 때마다 절묘한 수를 펼치며 위기를 벗어나던 제갈총이 방금 전, 이개의 공격을 미처 피하지 못하고 허벅지에 치명적이라 할 수 있는 부상을 당했기 때문이다.

이개는 갈고리처럼 크게 휘어진 칼을 무기로 사용했는데, 보통의 칼과는 달리 톱니처럼 생긴 날은 단순히 베는 것이 아니라 나무를 썰듯 모든 것을 썰고 찢어발겼다.

지금 제갈총의 왼쪽 다리가 그랬다.

살이 찢기고 심줄이 모조리 뜯겨 나간 것은 물론이고 뼈마저 절반쯤 잘려 나갔다.

제갈총도 그냥 당하고만 있지는 않았다.

자신의 다리를 썬 이개의 눈에 금침을 날려 한쪽 눈을 평생 사용할 수 없도록 만들었고, 미끼를 자처했던 이괄의 가슴과 갈비뼈를 모조리 부숴 버렸다.

이개의 개입으로 내부의 장기까지 뭉개 버리지 못한 것이 아쉽기는 하였으나 그 정도 부상이라면 최소한 서너 달은 고생을 해야 겨우 회복할 수 있을 정도의 중상이었다.

"큭!"

제갈총의 입에서 고통스러운 신음이 흘러나왔다.

오른쪽 옆구리가 끊어질 듯 아팠다.

고개를 숙여 보니 어느새 깊은 자상이 새겨져 있었다.

"빌어먹을 늙은이! 이제 그만 뒈지라고!"

제갈총의 옆구리에 일격을 날린 이형이 욕설을 내뱉으며 재차 달려들었다.

이번 공격에 아예 끝장을 보겠다는 듯 무시무시한 살기를 내뿜으며 접근하는 이형과 무심한 눈빛으로 그를 바라보는 제갈총.

이형은 만신창이가 된 제갈총이 더 이상 버티지 못하고 포기하는 것이라 여겼지만 이개는 그렇게 생각하지 않았다.

"위험하다!"

이개가 다급히 경고를 했지만 이형의 귀에는 아무런 말도 들리지 않았다.

"죽엇!"

광기에 찬 외침과 더불어 이형의 칼이 제갈총의 목을 베어 왔다.

충분히 끌어들였다고 판단한 제갈총이 급격히 방향을 틀었다.

왼쪽 다리와 오른쪽 옆구리에서 밀려든 극통에 의해 동작이 순간적으로 멈칫했다. 이를 악물고 원하던 만큼 몸을 틀었으나 그 잠깐의 멈칫거림으로 인해 완벽한 회피가 되지 못했다.

이형의 칼이 제갈총의 목이 아니라 팔을 베는 데 성공했다.

이형은 허공으로 치솟는 제갈총의 왼팔과 뿜어져 나오는 피분수를 보며 광소를 터뜨렸다.

"크하하하하! 이제 정말 끝이다. 늙은……."

이형의 광소는 이어지지 못했다.

사방에 흩뿌려진 피분수를 뚫고 날아든 금침을 본 것이다.

바늘보다 작은 금침이 얼마나 위력적이고 큰 고통을 안기는지는 이미 뼈저리게 경험했다. 문제는, 피하기엔 너무 늦었다는 것.

이형은 즉시 칼을 역으로 세우고 팔을 교차하여 얼굴을 비롯하여 중요한 급소를 보호했다. 고통은 어쩔 수 없다고 하더라도 급소만 보호하면 최소한 목숨을 잃을 걱정은 없었다.

수십 개의 금침이 팔뚝을 비롯해서 몸 이곳저곳에 박히는 느낌이 들었다. 그때마다 온몸의 머리카락이 곤두설 정도의 고통이 밀려들었다.

표정이 무섭게 일그러졌지만 이형은 참아냈다. 이 정도의 고통은 고통을 이겨냈을 때 기다리는 달콤한 승리에 비할 바가 아니었다.

그때, 이를 악물고 다가온 제갈총이 오른손을 뻗었다. 한데 움직임이 한심할 정도로 느렸다.

제갈총이 한계에 이르렀다고 여긴 이형은 비웃음과 함께 역으로 세웠던 칼을 바로 세워 제갈총의 숨통을 끊고자 했다.

그런데 뭔가가 이상했다. 몸이 생각대로 움직이지가 않았다. 몸을 보호하기 위해 교차했던 팔도 풀기가 쉽지 않았다. 아니, 아예 힘이 들어가지 않았다.

"으으으으"

도움을 청하려 하였으나 입도 제대로 열리지 않았다. 그사이 제갈총의 손이 이형의 목줄기에 도착했다.

"아, 안 돼!"

제갈총이 이형의 공격을 피하지 못하고 팔을 잃는 순간, 최후의 반격으로 날린 금침마저 이형이 대부분 막아내는 것을 보며 마침내 싸움이 끝났다고 방심하고 있던 이개가 다급히 몸을 움직였다.

"먼저 가라, 애송아."

차갑게 웃은 제갈총이 이형의 목줄기를 틀어줬었다.

우두둑!

섬뜩한 소리와 함께 이형의 목이 그대로 꺾였다. 그와 동시에 도착한 이개의 칼이 제갈총의 오른팔을 끊어버렸다.

제갈총이 비틀거릴 때마다 팔이 잘린 곳에서 뿜어져 나온 피가 붉은 안개를 만들어 냈다.

"사부님!"

멀리서 싸움을 지켜보던 용패와 왕수인이 놀라 울부짖었다. 사부를 구하기 위해 포위망을 뚫어보려고 몇 번이나 시도를 하였으나 적들에 의해 번번이 가로막혔다. 그 과정에서 무공이 변변치 않은 왕수인은 꽤나 큰 부상을 당하고 말았다.

"아, 악귀 같은 늙은이가!"

이형의 죽음을 확인한 이개가 치미는 분노를 이기지 못하고 주먹을 날렸다.

무방비로 주먹을 허용한 제갈총이 힘없이 날아가 처박혔다.

제갈총을 따라 도약한 이개가 쓰러진 제갈총의 양다리를 그대로 밟아 뭉개 버렸다.

빠가각!

뼈가 부러지는 소리가 용패와 왕수인의 가슴을 후벼 팠다.

고통마저 느끼지 못할 정도로 부상이 깊은 것인지, 아니면 피를 많이 흘려 의식이 흐려진 것인지 제갈총의 입에선 별다른 신음도 흘러나오지 않았다.

"당한 대로 갚아주지."

이개가 잔뜩 충혈된 눈빛으로 제갈총의 목에 발을 올렸다.

이형이 제갈총에게 당한 것처럼 목을 분질러 숨통을 끊어버릴 생각인 것이다.

그때, 바람을 가르며 전장으로 날아드는 물체가 있었다.

분노로 이성을 잃은 이개는 미처 눈치채지 못했지만 복수의 순간을 눈에 담기 위해 힘겨운 걸음을 놀리고 있던 이괄은 낯선 파공성을 알아차렸다.

빛살처럼 날아든 물체가 이개를 노린다는 것을 파악한 이괄이 그대로 몸을 날렸다.

"컥!"

이괄이 외마디 비명을 내뱉으며 힘없이 날아가고 그런 이괄의 몸을 이개가 황급히 안아 들었다.

이괄은 잔뜩 웅크린 채 자신의 가슴으로 파고든 검을 꽉 움켜잡고 있었다.

"괘, 괜찮으냐?"

이개가 어찌할 바를 몰라 할 때 간신히 눈을 뜬 이괄이 고통스러운 얼굴로 입을 열었다.

"젠… 장, 적이… 형님을… 검이……."

"안다. 나 때문에 네가."

"비… 러… 먹… 을… 조심……."

이괄은 말을 끝맺지도 못하고 숨이 끊어지고 말았다.

"괄아!"

이개가 울부짖으며 이괄의 시신을 부둥켜안았다.

굵은 눈물이 볼을 타고 흘렀다. 금침이 박힌 눈에서 흘러내린 피눈물은 동생을 모두 잃은 이개의 심정을 나타내는 것 같았다.

이괄의 시신을 부여잡고 고통스럽게 울부짖던 이개가 천천히 몸을 돌렸다.

눈물과 피눈물이 범벅이 된 얼굴에서 피어오른 살기는 어지간한 간담으론 감히 쳐다볼 수도 없을 정도였으나 정작 그와 마주하고 있는 사람은 아무런 동요도 없었다.

"형웅."

풍월이 제갈총에게 달려간 형웅을 불렀다.

"예, 형님."

"어떠냐?"

"그게……."

형웅의 떨리는 음성에서, 아니, 이미 처참하게 변해 버린 제갈총의 모습에서 최악의 상황을 염두하고 있었던 풍월이 입술을 꽉 깨물었다.

"네놈이냐? 네놈이 아우를 이리 만든 놈이냐?"

이개가 풍월을 향해 칼을 곧추세우며 물었다.

풍월은 아무런 대꾸도 하지 않고 묵뢰를 꽉 움켜잡았다.

조금 전, 이개가 제갈총의 목에 발을 올리고 있던 장면을 떠올리는 그의 전신에서 폭풍 같은 기세가 피어올랐다.

그제야 상대의 강함을 느낀 이개가 흠칫하며 놀라는 표정을 지었지만 도망치거나 도움을 요청하지는 않았다.

상대에게 선공의 기회를 주면 안 된다는 본능이 그로 하여금 기습적인 공격을 하도록 만들었다.

이개가 갈고리처럼 생긴 칼을 빙글빙글 돌리며 달려들었다.

낯선 무기와 생각보다 빠른 이개의 움직임에 당황할 만도 했지만 활화산 같은 분노를 냉정함으로 바꾼 풍월은 찰나의 흔들림도 없이 상대의 공격을 지켜보다 거침없이 묵뢰를 휘둘렀다.

천마무적도 삼초식, 천마섬.

일격필살의 각오로 펼치는 천마무적도의 위력은 실로 가공했다.

풍월과 이개의 사이를 가로지르는 한 줄기 빛.

날카롭게 파고들던 이개의 칼은 흔적도 없이 사라졌다. 당황한 이개가 몸을 틀려는 찰나, 그의 몸이 허리를 중심으로 상체와 하체가 완벽하게 이등분되었다.

비명도 없었다. 고통도 없었다.

이개는 자신이 죽는 순간까지도 그 이유를 알지 못한 채 허무하게 쓰러졌다.

제71장

복수(復讐)를 다짐하다

북해빙궁의 전초기지가 된 신도유가의 화연당.

이른 아침부터 화연당에 모인 북해빙궁 수뇌들의 표정은 밝았다. 지난밤과 새벽에 걸쳐 전격적으로 펼쳐진 작전이 제대로 성공을 했다는 소식을 품은 전서구가 조금 전 도착했기 때문이다.

"…그렇게 개방 총단을 완전히 불태우고 그곳에 남아 있던 개방의 제자를 모조리 전멸시켰습니다. 포로는 없는 것으로 압니다."

군사 북리건의 보고에 북해십천의 수좌 북리강이 활짝 웃으며 물었다.

"우리 쪽 피해는 어떠하냐?"

"생사의괴를 상대하던 장로 세 분께서 큰 부상을 당한 것을 제외하고는 피해라고 할 것도 없습니다. 미미합니다."

"크하하하! 대승이로구나. 참으로 멋진 승리야!"

북리강의 웃음이 화연당을 쩌렁쩌렁 울렸다. 다른 수뇌들 역시 북리강 못지않게 환한 웃음을 지으며 승리를 축하했다.

"애썼다."

북리천이 따뜻한 눈빛으로 북리건을 치하했다.

"아닙니다."

북리건은 별것 아니라는 듯 짧게 대답하며 고개를 숙였지만 얼굴에 드러난 뿌듯함을 지우진 못했다. 그런 북리건을 바라보는 북리천의 표정은 참으로 애틋했다.

북리건은 십 년 전까지만 해도 북해빙궁의 후계자로서 역대 최고의 재능을 지닌 기재로 모든 이들의 기대를 한 몸에 받았으나, 빙제가 남긴 최후의 무공을 익히는 과정에서 조그마한 욕심을 참지 못해 주화입마를 당하고 말았다.

수많은 이들의 필사적인 노력 덕분에 간신히 목숨을 구하기는 했지만 북리건은 무공을 잃고 사실상 폐인이 되었다.

무공을 회복하기는커녕 보통 사람처럼 제대로 걷지도 못하고 사륜거에 의지해야 겨우 몸을 움직일 수 있는 지경에 이르렸지만 북리건은 절망하지 않았다.

검을 대신해 책을 잡았다.

평소에도 책을 가까이하기는 했지만, 하루 일과를 서고에서 시작하여 서고에서 끝냈다.

미친 듯이 책에 몰두하는 그에게 오로지 뛰어난 두뇌 하나로 십천의 한 자리를 차지한, 이미 수십 년 전에 일선에서 물러나야 했지만 제대로 된 후계자를 찾지 못해 어쩔 수 없이 군사의 지위를 유지하고 있던 북리근이 가르침을 주는 것은 당연했다.

북리근은 정확히 삼 년 동안 군사로서 지녀야 할 모든 것들을 혼신의 힘을 다해 가르친 후, 곧바로 은퇴를 해버리니 북리건이 북해빙궁이라는 거대한 세력의 군사가 되었을 때 그의 나이 고작 스물둘에 불과했다.

군사가 되고 칠 년여가 흐른 지금, 북리건은 군사로서 완숙한 모습을 보여주며 북해빙궁이 정무련과의 싸움에서 승승장구하는 데 혁혁한 공을 세우고 있었다.

"그런데 후개는 탈출한 것이냐?"

북리천이 물었다.

"예, 하지만 걱정하지 마십시오. 이중, 삼중으로 포위망을 구축했습니다. 절대로 빠져나가지 못합니다."

북리건의 자신만만한 대답에 북리강이 조금은 우려 섞인

말을 했다.

"생사의괴를 만만히 봐서는 안 된다. 늙긴 했지만, 한때는 무림십대고수라 불리던 자다."

북리강의 말이 끝나기가 무섭게 자리를 박차고 일어서는 노인이 있었다. 육좌 북리편이다.

"십대고수는 얼어 죽을! 이빨 빠진 늙은 고양이에 불과하지요."

북리편이 코웃음을 치자 과거에 그와 생사의괴 사이에 얽혀 있는 사연을 알고 있는 다른 이들이 웃음을 흘렸다.

좌중의 분위기가 마음에 들지 않았던 북리편이 원망스러운 얼굴로 북리건을 보며 목소리를 높였다.

"젠장! 역시 노부가 갔어야 했다. 한심한 놈들! 명색이 장로라는 작자들이 관짝을 두드리는 늙은이 하나 제대로 처리하지 못하고."

북리편은 생사의괴를 잡기 위해 움직였던 장로들을 싸잡아 비난했다. 장로라고 해봤자 어차피 다들 조카뻘에 불과했기에 아무도 그의 말에 토를 달지 않았다.

"죄송합니다. 하지만 소 잡는 칼을 굳이 닭 잡는 데 쓸 필요는 없다고 생각했습니다."

북리건이 달래듯 말했다.

"뭐라? 닭? 크하하하! 그래, 네 말도 맞다. 노부가 그런 늙은

이를 상대할 이유가 없겠지."

자신이 소 잡는 칼에 비유되었다는 것보다는, 생사의괴를 닭으로 표현한 것이 무척이나 마음에 드는지 북리편이 굳은 표정을 풀고 껄껄 웃었다.

성격 급한 북리편을 능수능란하게 다루는 북리건을 흐뭇한 얼굴로 지켜보던 북리천이 슬며시 미소를 지으며 물었다.

"소림으로 향했던 병력은 어찌할 생각이냐?"

"이미 철수 명령을 내렸습니다. 개방의 소식이 저들에게도 전해졌을 터. 굳이 분노한 적들을 상대할 필요는 없다고 생각했습니다. 분노는 허점을 드러내게 만들기도 하지만, 때로는 상상도 할 수 없는 힘을 발휘하게도 만드니까요."

"좋은 판단이다."

전대 군사이자 북리건에게 모든 것을 물려주고 물러난 십좌 북리근이 흐뭇한 얼굴로 고개를 끄덕였다.

"감사합니다, 사부님."

북리건도 정중히 고개를 숙였다.

"그건 그렇고, 설화단에선 연락이 없느냐? 지금쯤이면 소식이 전해졌어야 할 터인데 조금 늦는구나."

북리강이 지나가듯 물었다. 연락이 늦는다고 말은 하면서도 조금도 걱정하지 않는 듯한 얼굴이었다.

"아직 별다른 소식은 전해지지 않았습니다. 조금만 더 기다리시면 좋은 소식이 날아들 것이라 생각합니다."

"설마 일이 잘못된 거 아냐?"

북리편이 오른팔을 들어 왼쪽 어깨를 북북 긁으며 말했다. 아무 생각 없이 그냥 툭 던진 말이었으나 주변 반응은 당연히 좋지 못했다.

"츕, 어디서 방정맞은 소리를!"

북리강이 못마땅한 얼굴로 그를 나무랐다.

"아, 말이 그렇다는 거지요."

북리편이 변명을 하자 맞은편에 앉아 있던 구좌 북리연후가 혀를 찼다.

"말이 씨가 되는 법이오, 형님."

"설마하니 진짜로 그런 일이 벌어질까. 누님도 그렇고 누님을 따라간 호법들이 보통 인물들은 아니잖아. 풍월인가 뭔가 하는 애송이가 제법 설치고 다니는 모양인데, 아마 뼈도 못 추릴 거다. 해연 고것이 요즘 들어 날이 바짝 서 있는 것이, 어쩌면 설화단 수준에서 목이 뎅강 날아갈 수도 있는 것이고."

북리편이 자신의 목을 그으며 조금은 과장스러운 모습을 보였으나 자리에 모인 그 누구도 그의 말이 과장되었다고는 생각하지 않았다.

북해십천의 이좌 북리청과 그녀를 따라나선 호법들의 실력을 그만큼 절대적으로 믿고 있었기 때문이다.

　　　　　*　　　　　*　　　　　*

　이개를 단 일합에 양단해 버린 풍월이 제갈총을 향해 달려
갔다.

　"어뗘서?"

　"좋지 않습니다."

　"의식은?"

　"없습니다."

　형응이 심각한 표정으로 고개를 젓자 풍월이 즉시 몸을 돌
렸다.

　형응이 비록 기본적인 의술을 지니고 있다고 하더라도 왕
수인이나 용패에 실력에 비하면 발끝에도 미치지 못할 터였
다.

　두 팔이 잘리고 다리가 부러진 채 쓰러진 제갈총의 상세가
보통 심각한 것이 아니라는 것을 알고는 있지만 그나마 목숨
을 살릴 가능성이 있다면 그 두 사람뿐이었다.

　풍월이 설풍단에게 포위되어 있는 왕수인과 용패를 향해
성큼성큼 걸어갔다.

　엎드린 채 숨이 끊어진 이괄의 시신에서 회수한 피 묻은 묵
운이 아침 햇살에 섬뜩하게 빛났다.

느닷없이 등장한 풍월의 손에 하북사흉이 절단 나는 것을 직접 확인한 설풍단원들은 어찌해야 할지 갈피를 잡지 못했다. 조금 전까지 개방의 제자들을 포위한 채 여유롭게 희롱하던 모습은 온데간데없었다.

"어, 어찌해야 합니까?"

형송이 마추를 보며 다급히 물었다. 그러나 마추라고 답이 있을 리 없었다.

'서른여섯 명, 가능할까?'

풍월과 자신이 이끌고 있는 설풍단의 전력을 비교해 보았다.

자신까지 포함하여 서른여섯 명의 설풍단원은 어떠한 상대라도 물러서지 않고 싸울 준비가 되어 있지만, 단순히 그런 각오가 승리를 장담할 수 있는 것은 아니었다. 더구나 정체를 알 수 없는 눈앞의 적은 이개를 눈 깜짝할 사이에 해치울 정도의 엄청난 고수다.

마추가 결정을 내리지 못하고 있는 사이, 풍월이 코앞까지 접근해 왔다.

마추에게 명을 받지 못한 설풍단원이 풍월이 내뿜는 압박감에 뒷걸음질 치다 엉겁결에 검을 뽑었다.

하지만 그는 검이 풍월에게 미치기도 전, 자신의 팔이 허공으로 치솟는 것을 보아야 했다. 동시에 그와 어깨를 나란히 하고 있던 동료들의 팔 또한 힘없이 떨어졌다.

"크아악!"

"크헉!"

동시다발적으로 들려오는 비명. 거침없이 포위망을 뚫고 들어간 풍월이 용패와 왕수인에게 소리쳤다.

"어르신 상태가 좋지 않아요. 두 분께서 빨리 살펴보셔야 할 것 같습니다."

"아, 알겠습니다."

왕수인이 반쯤은 넋이 나간 얼굴로 고개를 숙이곤 제갈총을 향해 뛰어갔다.

"고맙습니다, 풍 공자님."

용패가 왕수인의 뒤를 따라 움직였다. 그의 등에는 여전히 정신을 잃은 구양봉이 얇은 이불로 단단히 고정되어 있었다.

"형님은 어때요?"

"이쪽도 좋지는 않습니다. 몸에 침투해 있는 음한지기가 워낙 강력해서요. 시간 맞춰서 치료를 받아야 하는데 적들 때문에……. 사부께서 후개를 돌보시느라 진력을 허비하지 않으셨다면 결코 저자들에게 당하지 않으셨을 겁니다."

용패가 이미 숨이 끊어진 하북사흉을 잡아먹을 듯 노려보며 이를 부득 갈았다.

개방의 총단에서 탈출은 했지만 상황은 몹시 좋지 못했다.

태상장로 연육과 장로 노염 등이 활로를 뚫고 적의 추격대를 막다가 산화한 이후, 구양봉에게 양강지력을 불어넣어 줄 수 있는 사람은 더 이상 존재하지 않았다.

보다 못한 제갈총이 그 역할을 떠맡았지만 그저 미봉책에 불과할 뿐이었고, 구양봉은 물론이고 제갈총마저 안 좋은 영향을 받았다.

"어르신께 가봐요."

이불 밖으로 삐져나온 구양봉의 팔을 가만히 잡아주던 풍월이 용패를 떠밀다시피 하곤 그때까지 어떤 결정을 내리지 못하고 있던 마추를 향해 몸을 돌렸다.

마추는 풍월의 살기 어린 눈빛을 접하곤 자신의 실책을 깨달았다.

우두머리가 제때 판단을 내리지 못하면 그 피해는 고스란히 수하들이 당하게 되는 법. 자신의 머뭇거림으로 인해 이미 세 명의 수하들이 치명상을 당하고 말았다.

풍월의 눈에서 진하디진한 살심(殺心)을 느낀 마추가 주변이 떠나가라 소리쳤다.

"산개(散開)! 퇴(退)!"

절체절명의 순간, 오직 감당할 수 없는 적을 만났을 때 사용하는 치욕적인 명령이다.

수하들에게 사방으로 흩어져 도망치라 외쳤으나 정작 그는 장창을 앞세운 채 풍월을 향해 달려들었다.

단순히 호승심 때문이 아니다. 수하들이 조금이라도 안전하게 탈출할 수 있도록 시간을 벌어주기 위함이었다.

그의 곁으로 이대주 형송이 따라붙었다.

형송의 기척을 확인한 마추의 입가에 미소가 지어졌다.

수하들을 위하는 그의 태도가 마음에 들었다.

설풍단에서도 손꼽히는 그와 함께라면 충분히 시간을 벌 수 있으리라 여겼다.

그것이 얼마나 어처구니없는 착각인지는 자신보다 한발 앞서 풍월과 부딪친 형송이 검도 제대로 휘둘러보지 못한 채 꼬꾸라지는 것을 보면서 뼈저리게 느낄 수 있었다.

"나, 나는 설풍단 부단주 마추다. 너는 대체 누구냐?"

마추가 두 눈을 부릅뜬 채 소리쳤다.

"느닷없이 통성명은."

애당초 이름 따위를 주고받는 것에 아무런 의미가 없다고 여겼지만 그래도 수하들을 살리기 위해 나선 용기를 높이 사 이름을 밝혔다.

"풍월."

"풍… 월? 풍월이라면……."

마추가 고개를 갸웃거렸다.

'낯설지 않은 이름이다. 분명 어디서 많이 들었…….'

마추의 몸이 그대로 굳었다. 낯빛이 하얗게 질렸다.

조금 전, 이개가 단 한 수에 목숨을 잃었을 때보다, 풍월에게 덤비던 수하들의 팔이 무참히 허공으로 치솟을 때보다 더욱 놀라는 모습이었다.

"네, 네가 어찌 여기에? 분명 설화단에… 죽었어야 하는 놈이 어째서."

설화단이라는 말을 들은 풍월이 피식 웃었다.

"죽어야 할 사람이 살아 있다면 그 이유는 뻔한 것이지."

"거, 거짓말 하지 마라! 설화단이, 아니, 그, 그분들은 네놈에게 당할 분들이 아니다."

마추가 악에 받쳐 소리쳤다.

풍월은 마추의 유별난 반응에서 그가 자신을 공격했던 자들과 분명 관계가 있다고 여겼다.

빠르게 마추를 살피던 풍월의 눈에 그가 움켜쥐고 있는 장창이 들어왔다.

오봉산에서 만났던 적들 중 장창을 기가 막히게 쓰던 노인이 떠올랐다. 그러고 보니 눈매도 상당히 비슷한 것 같았다.

"나를 공격했던 자들 중 창을 쓰는 노인이 있었다."

마추가 자신도 모르게 숨을 죽였다.

"상당한 실력자였다. 그에게 당한 상처에서 아직도 피가 흐를 정도니까."

"그, 그래서? 그, 그분은 어찌 되었느냐?"

마추가 떨리는 음성으로 물었다.

"조금 전에 말했잖아. 죽어야 할 사람이 살아 있다면 그 이유는 뻔한 것이라고."

차갑게 웃는 풍월, 마추에겐 흉신악살의 미소나 다름없었다.

"네, 네놈이 감히! 죽여 버리겠다!"

조부, 북해귀창 마홍의 죽음을 직감한 마추가 괴성을 지르며 풍월에게 달려들었다.

평생 동안 갈고 닦은 창술을 한순간에 모조리 쏟아냈다.

분노에 사로잡힌 마추는 자신도 모르는 사이 꽤나 오랫동안 그를 괴롭혔던 벽을 넘어섰다. 한계를 뛰어넘은 창술은 스스로가 만족할 만큼 훌륭하고 위력적이었다.

"크하하하하!"

만족감에 취해 정신없이 창을 휘두르는 마추를 보며 풍월의 눈매가 가늘어졌다.

"형편없네."

북해귀창과 생사의 대결을 펼치며 그의 창술이 얼마나 대단했는지 직접 경험한 풍월의 눈에 마추의 창술은 그저 어린애 장난과도 같은 것이었다.

수하들을 위해 자신을 희생할 수 있는 좋은 상관이라는 것과는 상관없이 제갈총의 목숨이 위험한 상황에서 굳이 시간을 끌 생각은 없었다. 또한 개방과 구양봉을 공격했던 자들을 곱게 돌려보낼 생각은 더욱더 없었다.

거침없이 묵뢰를 휘둘렀다.

꽝!

충돌음과 함께 마추의 몸이 쭈욱 밀려 나갔다.

풍월은 마추를 쫓는 대신 형응을 불렀다.

"형응."

풍월의 외침에 제갈총 곁에 서 있던 형응이 풍월에게 고개를 돌렸다.

풍월이 묵운을 들어 사방으로 도주하고 있는 설풍단원을 가리켰다. 딱히 말이 필요 없었다. 비록 겉으로 드러내진 않았으나 형응 역시 사경을 헤매고 있는 구양봉의 모습에 분노할 대로 분노한 상태였다.

형응의 신형이 묵운이 가리키는 방향으로 사라졌다.

형응이 움직이자 유연청과 황천룡, 그리고 싸울 수 있는 개방의 제자들 역시 흩어져서 적들을 쫓기 시작했다.

풍월이 형응이 움직인 맞은편을 향해 묵운을 던졌다.

빛살처럼 날아간 묵운이 도망치라는 마추의 명에도 머뭇거리고 있던 설풍단원들의 숨통을 노렸다.

궁극의 이기어검.

제대로 반응도 하지 못한 채 묵운에게 심장을 관통당한 이들의 입에서 외마디 비명이 터져 나왔다.

마추는 충격으로 인해 찢겨져 나간 손을 바라보며 황당한 표정을 지었다.

충격의 여파로 인해 창을 잡은 팔까지 덜덜 떨려왔다.

자신을 가로막고 있던 벽을 깼다는 기쁨 때문에 잠시나마 잊고 있던 풍월의 실력이 가슴 깊숙이 파고들었다. 조부에 대한 복수심, 수하들을 위한 희생정신마저도 지워 버릴 만큼 압도적인 무위였다.

공포심에 젖은 마추가 자신도 모르게 뒷걸음질 쳤다. 그런 마추를 보며 풍월이 인상을 썼다.

수하들을 위해 목숨을 던지려던 모습에서 생겨났던 약간의 호감이 눈 녹듯 사라졌다.

힘차게 도약한 풍월이 양손으로 묵뢰를 움켜쥐고 그대로 내리꽂았다.

마추가 비명과도 같은 신음을 내지르며 창을 휘둘렀으나 묵뢰와 부딪친 창이 마치 수수깡처럼 부러지고 왼쪽 팔이 어깨부터 깨끗하게 잘려 나갔다.

"크아아악!"

마추가 처절한 비명을 내지르며 비틀거릴 때 묵뢰가 횡으로 그어졌다.

고통에 사로잡힌 와중에도 위기를 느낀 마추가 다급히 창을 움직이려 했으나 부러진 창은 이미 창으로써의 기능을 잃었고 그마저도 늦었다.

마추의 머리가 허공으로 치솟았다.

공포에 젖어 부릅뜬 마추의 눈과 부딪쳤지만 풍월은 별다른 동요 없이 몸을 돌렸다.

마추를 잠재운 풍월이 서둘러 제갈총에게 달려갔다.

당연히 사경을 헤매고 있을 것이라 예상했던 제갈총은 놀랍게도 상체를 꼿꼿이 세운 채 그를 반겼다. 의식도 명료했다.

"끝났느냐?"

제갈총은 양팔이 떨어져 나간 곳에서 아직도 피가 흘러내리고 있음에도 전혀 개의치 않는 모습이었다.

"예? 예……."

얼떨결에 대답한 풍월이 제갈총 옆에 굳은 표정으로 서 있는 용패를 향해 슬며시 시선을 돌렸다.

풍월과 눈빛이 마주친 용패가 힘없이 고개를 저었다.

풍월은 용패의 반응을 보고 제갈총의 현 상태를 즉시 파악할 수 있었다.

'회광반조.'

풍월의 얼굴이 대번에 군자 제갈총이 껄껄 웃었다.

"그런 표정 지을 것 없다. 이 정도 부상에서 지금까지 살아 있는 것이 이상한 것이야. 그리고 살 만큼 살았다. 먼저 간 친구들이 보고 싶기도 하고."

제갈총이 따뜻한 눈길로 굳은 표정의 용패와 이미 눈물을 줄줄 흘리고 있는 왕수인을 바라보았다.

"솔직히 마음에 차는 것은 아니다만, 그래도 꽤 괜찮은 제자 놈들도 구했으니 여한도 없다."

"어르신……."

"하지만 부탁 하나만 하자."

"말씀하세요."

"노부가 떠나고 나면 쥐뿔도 없는 놈들이 복수를 한답시고 설칠까 두렵다. 못 하게 해라."

"사부님!"

용패와 왕수인이 동시에 외쳤지만, 제갈총은 코웃음만 쳤다.

"염라대왕과 만나기도 전에 제자 놈들 따라오는 꼴은 보기 싫다. 수십 년은 이르다."

"예, 알겠습니다. 다리를 분질러서라도 주저앉히겠습니다."

풍월의 대답이 흡족한지 크게 웃으며 고개를 끄덕인 제갈총이 다시 말했다.

"대신 네가 해라. 개방의 문제도 그렇고 개천회와의 관계도 그렇고, 어차피 북해빙궁과는 부딪칠 수밖에 없는 운명이니

네가 해줘라. 두 배, 아니, 세 배는 더 철저하게. 해줄 수 있겠느냐?"

"염려하지 마십시오. 이자까지 쳐서 제대로 갚아주겠습니다."

"그래, 다른 놈은 몰라도 네 녀석의 말은 믿… 지."

말끝이 흐려졌다. 제갈총의 눈빛에서 급격하게 생기가 사라지기 시작했다.

풍월은 마지막 순간이 다가옴을 직감했다.

"후개… 의 치료는 사… 실상 불가능하지만 그래… 도 가능… 성이 있는 방법이 있다. 자… 세한 건 저 아이들에게 일러두… 었다. 장… 담할 수는 없지만 시도… 해 볼 가… 치는 있을… 게다."

"가, 감사합니다. 감사합니다, 어르신."

고개를 숙이는 풍월의 눈에서 굵은 눈물이 떨어졌다.

제갈총이 그런 풍월을 따듯한 눈길로 바라보았다.

"잘 컸… 어. 네 할애… 비들을 만나면 칭… 찬해 줘야겠다. 정말 잘 키… 웠… 다… 고……."

그것이 끝이었다.

제갈총의 고개가 힘없이 떨궈졌다.

"어르… 신."

풍월이 떨리는 손길로 제갈총을 안아 들었다.

용패와 왕수인이 사부의 이름을 부르며 울부짖었다.

한 시대를 풍미했던 거인, 생사의괴 제갈총은 그렇게 쓰러 졌다.

*   *   *

화기애애하고 즐거웠던 분위기는 다급히 전해진 한 장의 서 찰로 인해 급격히 냉각되었다.

"지, 지금 뭐라 했느냐? 누가 어찌… 되었다고?"

북리강이 입에 대고 있던 술잔을 내려놓으며 떨리는 음성 으로 물었다. 얼굴에는 불신과 경악, 혹시나 하는 불안감이 혼재했다.

북리강뿐만 아니라 가벼운 반주와 함께 아침 식사를 함께 하던 북해빙궁 수뇌들 모두가 똑같은 표정으로 북리건의 대답 을 기다렸다.

"풍월과 그 일행을 제거하기 위해 나섰던 설화단과 설화단 을 지원하기 위해 움직이셨던 어르신들께서 전멸을……."

북리건이 괴로운 표정으로 그에게 전해진 서찰의 내용을 설 명할 때 북리편이 참지 못하고 버럭 소리를 질렀다.

"그만! 어디서 말도 안 되는 소리를 지껄이고 있어! 누님이 그런 애송이에게 당하셨다고? 게다가 호법들까지도? 어떤 미친놈이 그런 헛소리를 하는 거냐? 어떤 놈이야?"

북리편이 흥분해서 날뛰자 북리천이 가만히 탁자를 두드렸다. 간단한 동작임에도 묘한 위압감과 울림이 있었다. 북리강이 말림에도 흥분을 제어하지 못하던 북리편마저 멈칫하여 입을 다물 정도였다.

"흥분을 가라앉히시고 앉으세요."

북리편은 북리천의 나직한 음성에 한마디도 대꾸하지 못하고 조용히 자리에 앉았다.

북리천의 시선이 북리건에게 향했다.

"누가 보내온 것이냐?"

"풍월 일행을 은밀히 뒤쫓고 있는 개천회의 정보 요원들이 전해온 것으로 압니다."

"우리 쪽에서도 확인을 했느냐?"

"아직 확인은 하지 못했습니다만······."

북리건이 머뭇거리자 북리천이 고개를 끄덕였다.

"사실이라 여기는구나."

"예."

북리천이 나직한 신음과 함께 북리근에게 시선을 돌렸다.

"십좌께선 어찌 생각하십니까?"

"군사의 판단이 옳은 것 같습니다. 개천회에서 잘못된 정보를 전할 이유가 없다고 보면 아마도 그들은······."

북리근이 말을 아꼈다.

"우리가 완전히 잘못 판단을 했다는 말이군요."

"그렇습니다. 군사."

북리근이 북리건을 불렀다.

"예, 사부님."

"이건 군사의 실책이라고도 할 수 있는 부분이다. 개천회의 정보를 토대로 놈의 실력이 어떠한지 보다 확실하게 검토하고 파악을 했어야 했어."

"면목 없습니다."

북리건이 살짝 붉어진 낯빛으로 고개를 숙였다.

"오롯이 군사의 잘못이라고 하기엔 뭣하지. 개천회에서 경고를 하기는 했지만, 설마하니 놈이 이좌와 세 명의 호법을 꺾을 정도로 대단할 줄은 몰랐으니까. 솔직히 그런 의심을 한 사람이 있나?"

북리강이 북리건을 두둔하며 좌중을 둘러보았다.

"아닙니다. 모든 것이 제가 미숙해서 벌어진 일입니다. 죄송합니다."

모두에게 고개를 숙인 북리건이 차갑고 냉정해진 눈빛으로 말을 이었다.

"설화단과 어르신들께서 놈에게 당했다는 것을 기정사실로 하여 가정했을 때, 개방을 공격했던 병력 또한 위험한 상황에

놓일 수 있습니다."

"말이 되는 소리를 해라. 그곳에 있는 병력의 수가 얼마인
데."

북리편이 목청을 높이자 북리건이 무겁게 고개를 저었다.

"후개를 추격하기 위해 움직인 병력을 말씀드리는 것입니
다. 현재 소수의 인원으로 넓게 포위망을 구축하며 쫓고 있습
니다."

"각개격파를 말하는 것이냐?"

북리근이 심각한 얼굴로 물었다.

"예, 설화단과 어르신들을 쓰러뜨린 놈의 실력을 감안한다
면 소수로 쪼개진 추격대의 실력으론 절대 감당하지 못합니
다. 자칫하면……."

"개방으로 갔던 병력 모두가 궤멸될 수 있다는 말이겠지."

"예."

북리근이 굳은 표정으로 북리천을 바라보았다. 북리천은 그
런 북리근의 시선을 무겁게 받아들였다.

"후개에 대한 추격을 멈추고 즉시 회군하라 명해라."

"회군이라시면 설마 개방의 총단까지 포기한단 말씀이십니
까?"

북리건이 깜짝 놀라 되물었다.

"거지 떼의 소굴 따위를 점령해서 뭐 하겠느냐? 그냥 모조

리 불태우고 돌아오라고 해. 후개를 잡았다면 더없이 좋았겠지만 이만하면 충분한 성과는 얻었다. 아니, 설화단은 물론이고 이좌와 세 호법을 잃었으니 손해라고 해야겠군."

북리천의 입술이 순간적으로 뒤틀리고 무거운 정적이 화연당을 휘감았다.

*　　　　*　　　　*

"미안해요. 어르신을 제대로 모시지도 못했는데 상황이 그래서 기다릴 여유가 없네요."

풍월은 두 눈 두덩이가 퉁퉁 부은 용패와 아직도 눈물을 흘리고 있는 왕수인의 모습에 미안함을 감추지 못했다.

"아닙니다. 그렇잖아도 사부님의 당부가 계셨습니다. 후개의 상황이 워낙 좋지 않고 급하니 우선적으로 그를 구하라 말씀하셨지요."

왕수인이 소매로 눈물을 닦으며 말했다. 붉게 충혈된 눈동자가 보는 이로 하여금 절로 마음을 아프게 만들었다.

"사부님이 말씀하시길, 극한의 음한지기가 후개의 골수에 워낙 깊숙이 파고들어 더 이상은 백약이 무효라 하셨습니다."

"어르신의 침술로도 불가능했던 것입니까?"

풍월이 한숨을 내쉬며 물었다.

"상세가 악화되지 않도록 겨우 막아냈을 뿐입니다. 그나마도 개방 장로님들이 전력을 다해 도와주셨으니 가능했던 일입니다. 한데 이제는 사부님도 개방의 장로님들도 계시지 않으니……."

왕수인이 다시금 눈물짓자 용패가 말을 이었다.

"하지만 사부님께선 어둠 속에서도 한줄기 빛이 있다고 하셨습니다."

"그 빛이 뭔데요?"

풍월이 다급히 물었다.

"풍 공자님입니다."

용패의 말에 풍월이 자신을 가리키며 되물었다.

"나요?"

"예."

"이해가 안 되는데요. 난 의술을 익히지 않았어요. 어찌 치료를 해야 할지 모른단… 아, 혹시 개방의 장로님들처럼 양강지력을 쏟아 부으란 겁니까?"

"전혀 반대입니다."

용패가 고개를 저었다. 풍월은 그가 무슨 말을 하려고 하는 것인지 이해를 할 수가 없었다.

"돌리지 말고 빨리 말해봐요. 급해죽겠는데."

풍월이 자기도 모르게 성질을 드러냈다.

제법 시간이 흘렀음에도 풍월에 대한 공포가 뇌리에 각인되어 있는 용패가 순간적으로 움찔하자 풍월이 아차 싶어 손을 내저었다.

　"그렇다고 놀라지는 말고요. 빨리 말해봐요. 내가 어찌하면 되는 건데요?"

　"머, 먹어 치우랍니다. 사부께서 말씀하시길 먹어치우는 방법뿐이라고 하셨습니다."

　"먹어요? 뭐를요?"

　풍월이 눈을 동그랗게 뜨고 되묻자 용패가 후개를 가리키며 말했다.

　"음한지기요."

　풍월은 용패의 말을 이해하지 못했다.

　"음한지기를 먹어치우라니 대체······."

　풍월의 반응에 오히려 용패가 답답하단 표정을 지었다.

　"흡기라는 무공이 있잖습니까. 그거 잘못 사용했다가 일전에 큰일 날 뻔하고선."

　"아!"

　풍월의 입에서 탄성이 터져 나왔다. 이제야 용패가 무슨 말을 하는지 이해할 수 있었다.

　"그러니까 흡기로 음한지기를 흡수하란 말이네요."

　"바로 그겁니다."

"흡기라는 게 상대의 내력을 흡수하는 것은 맞는데 음한지기는 형님의 본내력도 아닌데 가능할까요? 엉뚱하게 형님의 내력만 흡수하는 것은 아닌지 몰라."

풍월이 조금은 걱정스러운 눈길로 후개를 바라보며 말했다.

"사부께서도 그 점을 지적하셨습니다만, 그걸 가능하게 하는 것은 풍 공자께서 해야 할 일이라 하셨습니다. 다만 주의할 것은 음한지기의 위력이 강하니 한 번에 흡수하지 말고 조금씩 시간을 두고 흡수하라 하셨습니다."

"일전에 뼈저리게 경험했지요. 한꺼번에 흡수했다가 어떤 꼴을 겪어야 하는지."

"아무튼 저도 성라활인금침대법을 시전해서 풍 공자님을 도울 겁니다."

"성라… 활인이 뭐요?"

풍월이 이름을 되뇌다 얼굴을 찌푸리며 물었다.

"성라활인금침대법입니다. 사부께서 후개의 몸을 침식하고 있는 음한지기를 제어하기 위해 펼치신 침술입니다."

"그걸 용 형이요?"

풍월이 불신 가득한 얼굴로 물었다.

"풍 공자께선 못 믿으시겠지만 그동안 삼 할 정도의 시침은 제가 책임졌습니다. 비록 사부님의 침술엔 미치지 못하겠으나 도움은 될 겁니다."

"그, 그래요. 그럼."

풍월이 떨떠름한 표정으로 고개를 끄덕였다. 두 사람의 미묘한 신경전(?)은 후개의 몸을 살피고 있던 왕수인의 다급한 음성으로 인해 끝났다.

"빨리 시작해야 할 것 같습니다. 후개의 상태가 좋지 않습니다. 사제, 우선 성라활인금침대법부터."

왕수인의 말에 용패가 후개 앞에 자리를 잡았다.

사부로부터 물려받은 금침을 꺼내 신중한 자세로 시침을 시작했다.

풍월은 신중히, 그러나 거침없이 이어지는 용패의 손길을 보며 감탄을 금치 못했다. 그의 말대로 사부에 비해 아직은 미숙함이 간간이 느껴지기는 했으나 여느 의원들과 비교하는 것 자체가 민망할 정도로 뛰어난 침술을 보여주기 때문이었다.

시침을 마친 용패가 이마에 송골송골 맺힌 땀을 닦아내며 말했다.

"이제 풍 공자님 차례입니다. 말씀드렸다시피 침술로 음한지기를 제어하는 것은 불가능합니다. 그저 약간의 시간만을 벌 수 있을 뿐. 모든 것은 풍 공자님에게 달렸습니다."

"고생했어요."

지친 기색이 역력한 용패에게 가볍게 고개를 숙인 풍월이 후개의 곁에 자리를 잡고 앉았다.

구양봉의 온몸에 빼곡히 꽂혀 있는 금침을 보며 얼음장 같은 손을 힘주어 잡았다.

'걱정하지 마쇼, 내가 반드시 고쳐줄 테니까.'

호흡을 가다듬은 풍월이 죽은 듯 누워 있는 후개의 정수리에 손을 가져갔다.

흡기를 운용하자 구양봉의 내력이 무섭게 흡수되기 시작했다. 깜짝 놀란 풍월이 운용을 멈추고 재빨리 손을 뗐다.

"무슨 일입니까?"

왕수인이 놀라 물었다.

"아, 아닙니다."

고개를 저은 풍월이 다시금 손을 뻗었다.

'천천히, 신중하게.'

하지만 말처럼 쉽지가 않았다.

흡기의 운용법을 익히기는 했으되 연습이 충분치 않았다.

애당초 연습을 할 수 있는 무공도 아니었다. 오직 실전을 통해 정확한 운용법을 확인할 수 있을 뿐.

한데 지금껏 흡기를 사용한 것은 한 번뿐이었고, 그나마도 부작용으로 인해 사경을 헤맸다.

풍월은 흡기가 지닌 운용의 묘를 익히기 위해 노력했다.

아무에게도 도움을 받을 수 없었다. 오롯이 그 자신이 해내야 했다.

순식간에 전신이 땀으로 흠뻑 젖었다. 혹시라도 실수를 할까 봐 얼마나 집중하고 신경을 곤두세웠는지 반 시진도 되지 않아 몇날 며칠 밤을 새운 사람처럼 초췌하게 변해갔다.

그렇게 조심을 하며 신중히 흡기를 운용했음에도 구양봉의 내력의 상당수가 풍월에게 흡수가 되었다. 음한지기까지 흡수가 되어 최악의 경우는 면할 수 있었다는 것이 그나마 다행스러운 일이었다.

얼마의 시간이 흘렀을까.

풍월이 정수리에 댔던 손을 뗐다. 그러고는 즉시 운기조식에 들어갔다.

흡기를 운용할 때부터 풍월의 주변에서 호법을 서던 형응의 기세가 보다 날카롭게 변했다.

형응의 전신에서 뿜어져 나오는 살기가 어찌나 살벌한지 용패나 왕수인은 물론이고 넉살 좋은 황천룡까지도 근처에 얼씬도 하지 않을 정도였다.

운기조식은 생각보다 빨리 끝났다.

풍월이 자세를 풀고 운기조식을 끝내자 주변을 완전히 장악하고 있던 형응의 기세도 순식간에 사라졌다.

"어때? 가능성이 보여?"

황천룡이 궁금함을 참지 못하고 물었다.

"잘 모르겠네요. 그래도 한 가지는 확실히 알았습니다."

"뭐를?"

"구양 형님의 몸속에 침투한 음한지기가 얼마나 지독한지를요."

"음한지기도 흡수가 된 모양이네."

"네, 구양 형님의 내력과 함께 극히 일부가 흡수되었습니다. 온몸이 얼어붙는 것 같더군요. 일부만으로도 이런데……"

풍월은 여전히 눈을 감고 있는 후개를 안쓰럽다는 눈빛으로 바라보았다.

생과 사의 경계에 놓여 있는 상황, 비록 의식은 없다고 해도 얼마나 고통을 받고 있을지 상상조차 되지 않았다.

'반드시 살려. 그러니까 조금만 더 기다려 줘.'

풍월이 구양봉의 손을 잡았다. 기분 때문인지 몰라도 조금은 온기가 도는 것 같았다.

＊　　　　＊　　　　＊

"…해서 현재 북해빙궁이 당한 피해는 북해십천 중 한 명, 세 명의 호법과 하북사흉이……."

위지허가 사마조의 말을 잘랐다.

"하북사흉? 그놈들이 북해빙궁에 있었더냐?"

"예, 호법의 지위였다고 합니다."

"허! 북해빙궁 놈들도 미쳤군. 그래도 나름 뼈대 있는 문파였는데, 그런 쓰레기들까지 수하에 두다니."

"어차피 쓰다 버리는 칼일 뿐일세. 호법이라고 해도 그다지 중용될 일도 없었을 것이고. 어차피 다 죽고 말았지만."

위지허의 노골적인 반감에 비해 사마용은 그다지 대수롭지 않다는 반응이었다.

"또 다른 놈들은?"

"주요 인사는 그 정도이고, 설화단이라고 북해빙궁에서 심혈을 기울여 키우던 살수들이 몰살을 당했다고 합니다. 참고로 후개를 추격하던 자들 역시 전멸했습니다."

사마조가 북해빙궁에 연락책으로 나가 있는 여명대 부대주 여회가 급히 알려온 소식을 모두 전하고 자리에 앉자 사마용이 어이없다는 얼굴로 혀를 찼다.

"쯧쯧, 어리석은 놈들. 그렇게 경고를 했음에도."

"당하기 전에는 모르는 법이지. 안하무인의 힘을 가졌으면 더욱더."

사마용과 위지허는 풍월의 실력을 경시하여 막대한 피해를 당한 북해빙궁의 안일함을 비웃었으나, 사마조는 생각이 달랐다.

"그렇게 나쁜 일만은 아닙니다."

좌중의 시선이 쏠리자 사마조가 말을 이었다.

"일전에도 말씀드렸다시피 북해빙궁은 연이은 승리로 너무 기고만장했습니다. 한 번 정도는 제대로 망신을 당할 필요가 있었지요."

"하긴, 그도 그렇지. 이번에 개방의 총단까지 초토화를 시켰으니 놈에게 그렇게 당하지 않았다면 자만심이 하늘을 뚫었을 게다."

위지허가 코웃음을 치자 피식 웃은 사마용이 손에 든 찻잔을 빙글빙글 돌리며 말했다.

"아무튼 후개도 살아 있는 것 같고 풍월까지 그곳에 있으니 북해빙궁의 입장에선 꽤나 골치가 아프겠군."

"예, 후개와의 관계를 감안했을 때 풍월과 북해빙궁의 충돌은 피할 수 없습니다. 개인으로서야 힘들겠지만, 풍월이 정무련에 가담하여 싸운다면 북해빙궁도 엄청난 손실을 각오해야 할 겁니다."

"나쁘지 않아. 비록 우리와 동맹의 관계를 맺고 있다고는 하지만, 언젠가는 배제되어야 할 자들이다. 세력이 너무 커지는 것도 좋은 일은 아니니까."

"아쉽군. 그런 싸움을 볼 수 없다는 것이."

차를 홀짝이는 위지허의 표정에서 진심이 드러났다.

"누가 살아남든 우리에겐 나쁘지 않습니다. 아무튼 풍월이 북해빙궁과 엮이는 바람에 계획했던 일에 보다 집중할 수 있을 것 같습니다."

사마조의 말에 사마용이 의미심장한 얼굴로 물었다.

"시작하려는 게냐?"

"예, 시간도 제법 흘렀고 이제는 서서히 준비를 해도 될 것 같습니다."

"경거망동하다간 그르칠 수도 있다."

위지허가 성급함을 경계했다.

"최대한 조심스레 접근하고 있습니다. 너무 걱정하지 마십시오."

"처음엔 순종하다가 결정적인 순간에 놈들이 거부하거나 배신을 하여 우리의 계획을 알릴 가능성도 있다. 한번 배신한 놈들이 두 번, 세 번 배신하는 것은 쉬운 일이야."

"약에 찌들고, 심지어 고독에 중독까지 된 놈들만 살려서 보냈습니다. 지금 당장은 참아내고 있겠지만 접촉이 시작되면 단언컨대 손가락 하나로 놈들을 조종할 수 있다고 확신합니다. 그래도 명확한 계획을 알려줄 생각은 없습니다. 설사 놈들이 배신을 한다고 해도 우리가 어떤 계획을 가지고 있는지 거사일이 되기 전에는 알지 못합니다."

사마조의 확신에 찬 음성에 사마용이 흡족한 얼굴로 고개를 끄덕이며 물었다.

"그래서, 거사일은 언제로 잡을 생각이냐?"

"중양절입니다."

"좋구나! 올해 중양절은 아주 뜻깊은 날이 되겠어."

사마용이 환한 웃음을 지었다.

중양절까지 앞으로 오십여 일, 제법 많은 날들이 남았지만 기다리는 하루하루가 꽤나 즐거울 것 같았다.

*　　　　*　　　　*

"으으음."

눈을 뜬 지 반 각 만에 구양봉의 입에서 나직한 신음이 흘러나왔다. 단순히 눈만 뜬 것이 아니라 정신까지 돌아오고 있다는 증거다.

성라활인금침대법을 펼친 후, 지친 얼굴로 후개의 곁에서 꾸벅꾸벅 졸고 있던 용패가 신음 소리에 화들짝 놀라며 고개를 쳐들었다.

멍한 눈으로 후개를 바라보다 고래고래 소리를 질렀다.

"정신을, 정신을 차렸습니다. 환자가 정신을 차렸습니다."

용패의 외침이 끝나기도 전에 밖에서 식사를 하고 있던 풍월과 형웅이 달려왔다.

얼마나 급하게 달려왔는지 손에는 숟가락이 들린 채였고

문짝마저 떨어져 나갔다.

"형님이 정신을 차렸다고?"

풍월이 떨리는 음성으로 물었다.

용패는 대답 대신 구양봉을 향해 고개를 돌렸다. 모두의 시선이 용패를 따라 움직였다.

침상 위, 눈동자를 이리저리 굴리고 있는 구양봉의 모습이 보였다.

"형님!"

풍월이 쓰러지듯 침상으로 올라갔다.

"정신이 들어? 내가 누군지 알겠어?"

가만히 풍월을 바라보던 구양봉의 입에서 뜻을 알 수 없는 말들이 흘러나왔다. 아직 정확히 의미를 전달하지는 못하지만 풍월을 알아보는 것만은 확실했다.

"이 녀석은? 이 녀석도 기억하지?"

풍월이 어느새 옆으로 다가온 형웅의 목을 껴안아 구양봉의 면전에 들이대며 물었다.

구양봉은 입을 여는 대신 힘없이 고개를 끄덕였다.

"흐흐흐흐! 됐네. 제대로 정신이 돌아왔네."

풍월이 웃는 것인지 우는 것인지 모를 괴성을 토해내며 구양봉을 안았다.

잠시 정신을 차렸다가 다시 혼절하여 모두를 대경실색하게

만든 구양봉은 반나절이 지나 다시금 정신을 차렸다. 그러고
는 한결 또렷해진 정신으로 말문을 틔워 모두를 기쁘게 했다.

"그러니까 네가 내 몸에 침투한 음한지기를 흡수했다고?"

한쪽 벽에 상체를 기댄 구양봉이 이해가 되지 않는다는 얼
굴로 물었다.

"그렇게 됐어. 내가 천마 조사의 무공을 얻은 건 아나?"

"그런 소문은 들었다. 사실이었냐?"

"그래, 한데 여러 무공 중에 흡기라는 요상한 무공이 있어.
상대의 내력을……."

풍월은 손가락으로 뭔가를 잡아당기는 시늉을 하며 웃었
다.

"흡성대법을 익혔다는 말이네."

구양봉의 표정이 살짝 어두워졌다.

풍월이 정사마를 불문하고 경원시하는 흡성대법을 익혔다
는 것이 조금 마음에 걸린 것이다.

"뭘 걱정하는지 아는데 신경 쓰지 마. 어지간하면 사용할
생각이 없으니까."

풍월이 걱정하지 말라는 듯 손을 휘휘 내저으며 말했다.

"그래, 알았다. 어련히 알아서 할까."

피식 웃은 구양봉이 두통이 오는지 미간을 지그시 누르며
물었다.

"그런데 내가 며칠 만에 정신을 차린 거냐?"

"글쎄, 족히 한 달은 넘은 것 같은데."

풍월이 용패를 향해 고개를 돌리며 대답했다.

"저도 정확히는 모릅니다만 한 달이 넘는 것은 확실합니다."

용패의 말이 끝나자마자 개방 제자 호선이 대답했다.

"정신을 잃으신 지 정확히 사십이 일째입니다."

호선을 알아본 구양봉이 반색하며 말했다.

"오랜만이라고 해야 하나? 하하! 어제 본 것 같은데 벌써 사십 일이 넘었다니. 영 어색하다."

"정신을 차리셔서 정말 다행입니다."

호선이 고개를 숙였다. 그의 눈에서 눈물이 흐르고 있었지만 구양봉은 미처 눈치를 채지 못했다.

"한데 월아. 여긴 또 어디냐? 아직 해가 떨어지지도 않았는데 왜 이리 조용해? 흐흐흐! 총단이 아닌 건 분명하네. 개방과 이런 정적은 전혀 어울리지 않으니까."

구양봉이 웃음과 함께 고개를 좌우로 돌리며 묻자 방 안의 공기가 무겁게 내려앉았다.

구양봉도 그제야 뭔가가 이상하다는 느낌을 받았다.

"이 분위기는 뭐냐?"

"형님이 정신을 잃은 사이에 많은 일이 있었는데……."

풍월이 곤혹스러운 얼굴로 입을 열 때 용패가 다급히 풍월을 제지했다.

"풍 공자님!"

풍월이 용패를 바라보자 용패와 곁에 앉아 있던 왕수인이
필사적으로 고개를 흔들었다. 이제 겨우 정신을 차린 사람에
게 충격을 줘서는 절대로 안 된다는 뜻이었으나 풍월은 생각
이 달랐다.

"지금 형님 꼴이 한심하긴 해도 등신은 아니오. 언제까지
입 다물고 있을 수는 없는 겁니다."

"하지만 이제 겨우 정신을 차렸습니다. 조금 더 몸을 추스
르고 나면……."

풍월을 말리던 왕수인은 의혹에 잠긴 구양봉의 시선에 입
을 다물고 말았다.

"어째 분위기가 이상하게 흘러간다. 뭔가 할 말이 있는 것
같은데. 맞지?"

구양봉이 풍월의 얼굴을 똑바로 응시하며 물었다.

"맞아. 사연도 길고 꽤나 충격적인 말인데 감당할 수 있겠
어? 아니, 해야 해. 못할 것 같으면 나중에 해주고."

전에 없이 심각한 풍월의 표정에 잠시 말이 없던 구양봉이
심호흡을 하며 고개를 끄덕였다.

"감당할 수 있다. 말해봐."

구양봉의 눈빛에서 어떤 각오를 읽은 풍월이 주변에 모여

있는 모두에게 손짓했다.

"자리 좀 피해주세요. 형응은 남고."

형응의 팔을 잡은 풍월이 머뭇거리며 몸을 돌리는 호선도 불렀다.

"개방의 일은 아무래도 저보다는 개방의 제자가 설명하는 것이 낫겠습니다."

"예, 그리하겠습니다."

잔뜩 굳은 얼굴로 풍월의 곁에 선 호선의 입이 열린 것은 방 안에 있던 이들이 자리를 피한 후, 구양봉이 몇 번이나 재촉을 한 뒤였다.

"그러니까……"

호선은 구양봉이 부상을 당했던 북해빙궁과의 싸움을 시작으로 설명을 시작했다.

빙백한천투살공에 당해 정신을 잃은 구양봉을 지키기 위해 나섰다가 오히려 치명상을 당한 후, 제자를 위해 자신의 목숨을 내놓은 황 방주의 이야기.

음한지기에 고통을 받는 후개를 살리기 위한 개방의 장로들의 눈물겨운 희생.

소림을 공격하려 한다는 성동격서(聲東擊西)의 계책에 속아 넘어가 결국은 개방의 총단이 공격받고 그 과정에서 대부분의 사람들, 태상장로 연육은 물론이고 자신을 치료하던 생사의괴 제갈총마저 목숨을 잃었다는 이야기를 들으며 구양봉은 대성통곡을 멈추지 못했다.

각기 구양봉의 한쪽 손을 잡고 있던 풍월과 형웅은 구양봉의 손톱이 살갗을 파고들어 피가 줄줄 흘러내림에도 조금도 내색하지 않았다.

그 정도 고통 따위는 구양봉이 지금 겪고 있는 고통에 비하면 아무것도 아니었다. 오히려 그 고통을 나눌 수 없음에 안타까워하고 슬퍼했다.

호선의 설명이 끝났음에도 구양봉은 통곡을 그치지 못했다. 하지만 그는 어떤 일이라도 감당하겠다는 풍월과의 약속을 지켰다. 피눈물이 흐르고 피를 토하는 고통을 견디며 끝내 정신을 잃지 않았다.

시간이 흐르고 울음이 잦아들 즘 형웅과 함께 묵묵히 곁을 지키며 구양봉을 응원하던 풍월이 입을 열었다.

"생사의괴 어르신의 재촉을 받고 개방으로 향하던 우리도 공격을 받았어. 설화단인가 뭔가 하는 살수들과 몇몇 늙은이들이 암습을 준비하고 있더라고. 어디였지?"

풍월이 묻자 형웅의 입에서 곧바로 대답이 흘러나왔다.

"오봉산이요."

"그래, 오봉산 알아?"

구양봉이 처연한 표정으로 고개를 끄덕였다.

"결과는 보다시피요. 막내의 활약으로 살수들을 싹 쓸어버리고 늙은이들까지 모조리 박살 냈지. 하지만 북해빙궁 놈들의 공격을 막을 수는 없었어. 우리가 그 사실을 알았을 땐 이미 모든 상황이 끝났으니까. 그나마 형님하고 생사의괴 어르신을 만나게 된 것을 천운이라고 해야겠지. 어르신은 내가 형님의 몸에 침투해 있는 음한지기를 흡수하는 것만이 유일한 치료 방법이라 말씀하셨어. 경험이 없다 보니 처음엔 조금 고생을 했지만."

"고맙다. 네 덕에 살았어."

구양봉이 힘없이 웃었다.

"지랄! 그런 공치사는 관두고 몸이나 빨리 추슬러. 정신 바짝 차리고. 몸에 침투한 음한지기는 아직 삼 할도 몰아내지 못했으니까."

"걱정하지 마라. 반드시 회복할 거다. 지금과는 비교도 안 될 정도로 강해져서 사부의 복수도 하고, 태상장로님의 복수도 하고, 생사의괴 어르신의 복수도 하고, 개방 제자들의 복수도 하고……."

구양봉은 목이 메는지 제대로 말을 잇지 못했다.

"아, 내가 한 가지는 장담한다. 음한지기를 완전히 몰아내는 데 성공하는 것만으로도 훨씬 더 강해진다고."

어째서인지 궁금했지만 구양봉은 굳이 질문을 하지는 않았다. 그냥 믿었다.

"그래, 앞으로도 잘 부탁한다."

구양봉이 조금은 편해진 웃음을 지으며 풍월의 어깨를 가만히 두드렸다.

"아, 쓰라려."

민망함을 감추기 위함인지 풍월이 팔뚝에 난 상처를 만지며 괜히 엄살을 떨었다.

*   *   *

"도착하셨습⋯⋯."

말이 끝나기도 전, 화연당의 문이 박살 나듯 열리며 한 쌍의 남녀가 안으로 들어섰다.

북해빙궁의 궁주를 비롯해 수뇌들이 모두 모여 회의를 하는 화연당에 이토록 무례하게 모습을 드러내고도 무사할 수 있는 사람은 아무도 없었다.

하나 오직 한 사람, 만년교룡(萬年蛟龍)의 가죽으로 된 채찍을 허리춤에 매달고 오연한 자세로 걸음을 옮기는 여인만큼은 가능했다.

거칠게 문이 열릴 때만 해도 도끼눈을 치켜뜨며 고개를 돌리던 북해십천은 물론이고 장로, 호법들은 문을 박차고 들어

선 여인을 보자마자 언제 그랬냐는 듯 황급히 고개를 돌리며
딴청을 피웠다.

심지어 무소불위(無所不爲)의 권력을 휘두르고 있는 궁주 북
리천마저 엉덩이를 들썩거릴 정도였다.

"와, 왔느냐?"

북리천이 애써 웃음을 지으며 손짓했다.

"지금 웃음이 나와요, 오라버니?"

여인, 전대 궁주의 늦둥이로 태어나 북해빙궁에 속한 모든
이들의 사랑을 한 몸에 받고 자랐지만 서른이 된 지금, 여전히
이십대 초반의 미모를 지니고 있음에도 모두가 기피하는 존재
로 커버린 북리연이 쌍심지를 켜곤 북리천을 향해 성큼성큼
다가갔다.

거침없이 북리천을 향해 걸어가던 북리연이 사륜거에 앉아
있는 북리건과 시선이 마주쳤다. 흠칫 놀란 북리건이 재빨리
눈을 피했지만 이미 늦었다.

북리연이 북리건의 머리에 손을 턱 얹으며 고개를 숙였다.

"야, 군사."

"예, 고모님."

"계획은 세웠지?"

"예? 무슨……."

북리건이 말끝을 흐리자 북리연이 그의 머리통을 후려쳤다.

"넌 내가, 이 고모가 죽어도 그렇게 여유를 부릴래?"

북리건이 억울한 표정으로 머리를 문지를 때 북리연이 북리천을 향해 몸을 홱 돌렸다.

"당고모의 복수는 어쩔 거예요?"

"그게……."

"설마 아무런 계획도 없다는 말을 하려는 건 아니겠지요?"

북리연의 왼쪽 입꼬리가 올라가고 눈매가 가늘어지자 북리천은 심장이 덜컥 내려앉는 심정이었다.

왼쪽 입꼬리가 올라가고 눈매가 가늘어지는 것은 그녀가 극도로 화가 났을 때 나타나는 버릇이다. 이때 제대로 대처하지 못하면 얼마나 시달리는지 북해빙궁에 적을 둔 사람치고 모르는 사람은 아무도 없었다.

"놈의 흔적을 쫓고는 있지만 종적이 묘연합니다."

북리건의 말에 북리연이 분노한 눈으로 노려보았다.

"지금 그걸 말이라고 하는 거야?"

잠깐이라도 머뭇거리면 어김없이 주먹이 날아든다는 것을 알고 있는 북리건이 재빨리 말했다.

"놈은 강합니다. 지금껏 상대해 본 누구보다도."

"내가 더 강해."

"고모님이 강한 것은 알지요. 하지만 생각해 보십시오. 그 짧은 시간에 놈에게 당한 본궁의 고수들이 어떤 분들이었는지. 그분들 모두를 혼자 감당한 놈입니다."

"……."

북리연이 침묵하자 북리건이 내심 안도의 숨을 내쉬며 말을 이었다.

"복수심에 일을 서두르다간 복수는커녕 오히려 피해만 커질 수 있습니다. 어차피 놈은 우리와 부딪칠 수밖에 없을 터. 복수를 할 기회는 차고 넘칩니다. 고모님께서 직접 복수를 하실 수 있도록 이 조카가 완벽한 무대를 마련해 드릴 테니 조금만 기다려 주십시오."

청산유수(靑山流水)와 같은 북리건의 말은 분명 설득력이 있었다. 말을 하는 북리건 스스로도 그렇게 생각했고 듣고 있는 모두가 그리 여겼다. 하지만 북리연과 그녀의 뒤에 서 있는 중년인은 설득되지 않았다.

"못 기다려. 여기가 찢어질 것 같아서 한순간도 기다릴 수가 없다."

북리연이 가슴을 부여잡으며 말했다.

그녀의 일그러진 표정을 보며 누구도 입을 열지 못했다.

늦둥이로 태어나 많은 이들의 사랑을 한 몸에 받았지만 정작 부모를 일찍 여읜 북리연에게 당고모 북리청은 부모 이상의 존재라는 것을 알고 있기 때문이었다.

"두말하지 않아. 하루만 기다릴 테니까 계획을 세워. 그게 안 되면 내가 알아서 할 테니까."

북리건에게 협박을 한 북리연이 한숨을 내쉬고 있는 북리천을 바라보며 말했다.

"말릴 생각 하지 말아요. 궁주의 권위를 앞세우지도 말고. 그게 통하지 않는다는 건 오라버니가 더 잘 아니까."

"어련할까."

북리천이 고개를 절레절레 흔들었다.

"그럼 기다린다."

북리건에게 마지막 한마디를 던진 북리연이 몸을 돌려 화연당을 나섰다.

"그럼 물러가 기다리겠습니다."

중년인, 부친 마홍과 아들 마추를 풍월에게 잃고 심장이 얼어붙은 전 설풍단주 마포가 북리천에게 정중히 허리를 숙이곤 몸을 돌렸다.

"하아!"

북리천의 입에서 절로 탄식이 터져 나왔다.

짧은 시간, 폭풍처럼 들이쳤다가 사라진 두 사람으로 인해 화연당은 말 그대로 초토화가 되어버렸다.

화연당에 한동안 침묵이 이어지고 있을 때 북리건이 조심스레 물었다.

"어찌하실 생각입니까?"

"……."

북리천이 아무런 대답도 하지 않자 북리건이 강한 어조로 말했다.

"말리셔야 합니다. 고모님 심정을 모르는 것은 아니나 지금 상황에서 굳이 무리해서 그자와 부딪칠 필요가 없다고 봅니다. 우린 드러나 있고 놈은 드러나지 않았습니다. 후개를 쫓던 추격대가 각개격파를 당하며 몰살을 당한 것을 잊으시면 안 됩니다."

북리천이 여전히 입을 다물고 있자 북해십천의 수좌 북리강이 나섰다.

"놈이 강하다는 것은 안다. 네 말대로 자칫하면 큰 피해를 당할 수도 있겠지. 하지만 저 아이가 저리 흥분을 하고 있으니 그냥 모른 체할 수도 없는 일이다. 그리고 무엇보다 네가 간과하는 것이 있다."

"예? 제가요?"

북리건이 눈을 동그랗게 뜨고 반문했다.

"그래, 네 고모는 네가 생각하는 것보다 훨씬 강하다. 나이는 비록 어리나 빙제의 진전을 이은 아이야. 풍월이란 놈의 실력이 아무리 대단하다고 한들, 그 아이가 쉽게 꺾이진 않을 것이라 본다."

북리천이 침묵을 깨고 물었다.

"하면 수좌께서 어찌 생각하십니까? 두 사람이 정면으로 붙는다면."

"백중세로 봅니다."

"백중세라……."

다시금 생각에 잠긴 북리천. 그의 입이 열린 것은 거의 일각의 시간이 흐른 뒤였다.

"어차피 피할 수 없는 놈이라면 차라리 빨리 부숴 버리는 것이 나을 수도 있겠지. 일단 놈을 잡을 계획을 세워봐."

"하지만……."

"그렇다고 무리는 하지 말고. 여의치 않으면 포기해도 좋다. 네 고모는 내가 책임지고 설득할 테니까."

"설득, 가능… 하시겠습니까?"

북리건이 불안한 눈초리로 물었다.

"……."

북리천은 대답하지 못했다.

제72장

움직일 때다

구양봉이 정신을 차린 이후부터 치료에 탄력이 붙었다.

풍월이 흡거에 대한 운용 능력이 향상되고 정확하게 음한지기만 흡수할 수 있게 되자, 구양봉의 회복 또한 놀라울 정도로 빠르게 진행됐다.

그래도 풍월은 서두르지 않았다.

사마혼의 진기를 한꺼번에 흡수했다가 자칫 목숨을 잃을 뻔했던 과거의 경험을 토대로 자신이 확실하게 감당할 수 있을 만큼의 음한지기만을 흡수했다.

흡수한 음한지기가 극양의 기운을 지닌 자하신공, 천마대공의 기운과는 워낙 상극인지라 내력 증진의 효과는 기대할 수 없었다. 흡수된 음한지기가 자하신공, 천마대공의 기운을 감당하지 못하고 자연스럽게 소멸해 버렸기 때문이었다.

풍월의 도움으로 몸속에 있는 음한지기가 조금씩 제거되고 있는 구양봉은 하루가 다르게 내력이 충만해짐을 느꼈다.

음한지기를 제어하기 위해 그동안 개방의 장로들이 필사적으로 주입시킨 엄청난 양의 양강지력이 구양봉 본신의 내력에 흡수되기 시작한 것이다. 비록 장로들이 그의 몸에 쏟아부은 양강지력 중 대부분이 음한지기를 제어하느라 소모가 되었으나 남아 있는 일부만 해도 엄청난 수준이었다.

그렇게 보름의 시간의 흘렀다.

"후우."

풍월이 긴 숨을 내뱉으며 운기조식을 끝내자 먼저 운기조식을 마친 구양봉이 조금은 걱정스러운 눈길로 말했다.

"괜찮냐?"

"매일같이 똑같은 질문, 지겹지도 않아?"

풍월이 시큰둥한 얼굴로 되물었다.

"미안해서 그러지."

"또! 쓸데없는 말 하지 말고 빨리 회복할 생각이나 하라고 몇 번이나 말했는데."

"그래서 이제 그만하려고."

난데없는 말에 풍월이 흠칫 놀랐다.

"왜? 몸에 이상이라도 있는 거야?"

"설마, 너무 좋아서 문제다. 빌어먹을 음한지기를 이제는 내 힘으로 극복할 수 있을 것 같아서 그런다."

잠시 그를 바라보던 풍월이 더없이 진지한 얼굴로 말했다.

"나한테 미안해서 그런 거면……."

"아니라고."

구양봉이 단호히 고개를 저었다. 구양봉의 말투와 태도에서 자신감을 느낀 풍월이 피식 웃었다.

"알았어. 정말 자신 있는 모양이네?"

"그래."

"하긴, 이쯤 했으면 스스로 해결할 때도 되긴 했어. 애도 아니고."

"말을 해도 꼭!"

풍월에게 눈을 부라리던 구양봉이 눈에 준 힘을 이내 풀고 말했다.

"기왕지사 도와주는 김에 하나만 더 부탁하자."

"부탁? 뭐를?"

"음한지기를 완전히 없애면 다른 사람들이 수련하는 것처럼……."

구양봉이 슬쩍 고개를 돌리며 말끝을 흐렸지만 풍월은 바로 알아들었다.

"비무하자고?"

"그래."

"괜찮겠어? 알다시피 비무라고 해도 살살하지 않아."

"나도 안다. 황 아저씨가 매일 와서 죽는 소리를 하는데 모를 리가 없지."

구양봉이 매일같이 두들겨 맞고 와서는 풍월에 대해 온갖 험담을 늘어놓는 황천룡을 떠올리며 키득거렸다. 안면을 튼지 며칠 되지도 않았지만 꽤나 오랫동안 알고 지냈던 사이처럼 편했다.

"황 아저씨가? 흠, 그랬단 말이지."

묘하게 비틀리는 풍월의 표정을 보며 구양봉은 황천룡의 명복을 빌었다.

"아무튼 그렇게 해줄 거지?"

"원한다면 얼마든지. 대신 각오는 해야 될 거야."

"그렇게 만만치는 않을 거다. 놀랄 정도로 내력이 증진되고 있어. 알지? 내가 그동안 내력이 턱없이 부족해서 강룡십팔장을 제대로 펼치지 못했다는 걸."

개방의 장로들이 남겨준 양강지력의 힘 때문인지 구양봉은 자신만만했다.

하지만 구양봉은 몰랐다.

풍월 역시 처음에 그를 치료하는 과정에서 양강지력의 일부를 얻었다는 것과 한쪽으로 밀어놓았던 사마혼의 내력 또한 생각보다 빨리 자신의 것을 만들며 내력을 급증시키고 있다는 것을.

*　　　　*　　　　*

"너, 너는?"

악인은 눈앞에서 웃고 있는 사내를 보며 두 눈을 부릅떴다. 자신도 모르게 두려운 표정으로 주변을 두리번거렸다.

"이거야 원. 집에 돌아갔으면 신수가 훤해져야 하는데 꼴이 그게 뭔가? 피죽도 못 얻어먹은 사람처럼 삐삐 마른 몸은 뭐고."

사내, 침옥의 경비를 책임졌던 화염대 일조장 조창이 악인의 전신을 살피며 혀를 찼다.

"네, 네놈이 여긴 무슨 일로……."

엉거주춤 물러나는 악인의 음성이 절로 떨렸다.

"네놈이라니 서운하네. 나름 돈독했던 사이였잖아. 함께 술도 마시고 계집과도 어울리고."

품을 뒤진 조창이 조그만 주머니 하나를 꺼내 들었다.

"이런 것도 제공하고 말이야."

조창의 손에 들린 주머니를 본 악인의 눈동자가 크게 흔들렸다.

주머니를 연 조창이 그 안에 든 새하얀 가루를 조금 집어 내어 허공에 뿌렸다.

"난 좋았다고 생각했는데 아닌 모양이네."

악인의 눈동자가 허공에 뿌려지는 가루를 따라 이리저리 굴러다니는 것을 본 조창의 입가에 비웃음이 가득했다.

"내, 내게 원하는 것이 뭐냐?"

악인이 동요하는 마음을 애써 다잡으며 물었다.

"원하는 거? 딱히 없는데. 그냥 근처를 지나가다 옛 정을 생각해서 잠시 들려봤을 뿐이야."

말도 안 되는 거짓말이다. 말을 하는 조창도, 듣는 악인도 너무 잘 알고 있다.

"그런데 진짜 그렇다. 집에 돌아갔으면 잘 지내야지. 꼴이 이게 뭐냐?"

"그, 그거야 네놈들이……."

주머니에 든 가루가 또다시 허공에 뿌려지는 것을 본 악인이 이를 꽉 깨물었다.

극락분(極樂粉).

침옥에 있던 자들 대부분을 타락시킨 악마의 가루다.

천문동에서 사로잡은 포로들을 침옥에 가둔 개천회는 그들에게 딱히 어떤 것을 원하지 않았다.

자유를 빼앗긴 것을 제외하고는 오히려 이상하다 할 정도로 많은 편의를 제공했다. 좋은 술과 음식은 물론이고 원하기만 한다면 수많은 여인을 품을 수가 있었다.

개천회의 의도를 의심한 포로들은 적들이 제공하는 편의들을 무시하며 버텼지만, 음식물에 섞여 들어온 극락분으로 인해 모든 것이 무너졌다.

인간의 이지를 완전하게 빼앗고 원초적인 욕망과 본능만을 남기는 극락분.

일부는 감당할 수 없는 욕망에 스스로 목숨을 끊었고 일부는 상상도 할 수 없는 고통을 이겨내며 끝까지 자신을 지켜냈지만 포로들 대부분이 극락분이 주는 쾌락에 굴복하고 말았다.

악인도 그중 한 명이었다.

힘겹게 본가로 돌아온 악인이 극락분이라는 요상한 약물에 찌들었다는 것을 확인한 악가의 어른들은 개천회의 악랄함에 분노했다. 그리고 그를 치료하기 위해 혼신의 힘을 기울였다.

하지만 쉽지 않았다. 딱히 해독제가 없어 그저 약물을 끊고 버티는 것이 전부였고 하루하루가 고통의 연속이었다.

어느 정도 고비를 넘긴 지금, 비록 몸은 여전히 힘들었지만 정신적으로는 상당히 안정을 찾은 상태였다. 그럼에도 불구하고 극락분을 눈앞에서 보게 되자 가슴 깊이 숨겨두었던 욕망이 꿈틀거리는 것이 느껴졌다.

"원한다면 줄 수도 있는데."

조창이 악마 같은 미소를 지으며 주머니를 흔들었다.

"피, 필요 없다."

악인이 불같이 화를 내며 고개를 흔들었다.

단호히 거절을 하면서도 시선은 주머니에 고정되어 있고 목소리는 절로 떨렸다.

"가져가든 버리든 네 마음대로 해. 어차피 네게 주려고 가지고 온 것이니까."

주머니를 바닥에 툭 던진 조창이 미련 없다는 듯 몸을 돌렸다.

그런 조창과 주머니를 번갈아 바라보며 이를 꽉 깨문 악인. 그의 얼굴엔 갈등의 빛이 역력했다.

일각 여의 시간이 흐른 후, 사라졌던 조창이 다시 돌아왔다.

악인은 이미 자리를 뜨고 없었지만 조창이 찾는 것은 그가 아니었다.

"흐흐흐. 역시 가져갔군. 그럴 줄 알았다."

주머니가 사라진 것을 확인한 조창이 괴소를 터뜨렸다.

비단 악인만이 그런 것이 아니다.

무림 전역, 침옥에서 탈출한 자들이 돌아간 문파와 세가 등에서 이와 비슷한 일이 벌어지고 있었다.

구할이 극락분의 유혹을 떨쳐내지 못했고 극락분의 유혹을 떨쳐낸 일할의 포로들에겐 그들 몰래 심어놓은 고독을 움직여 굴복시켰다.

그 와중에 스스로 목숨을 끊은 사람은 개방 제자 딱 한 명뿐이었다.

*　　　　　*　　　　　*

"받아랏!"

힘찬 기합성과 함께 몽둥이가 매섭게 허공을 갈랐다.

풍월이 지체 없이 몸을 틀었다.

타구봉이 풍월의 몸을 후려쳤지만 잔상에 불과했다. 그의 신형은 이미 구양봉의 좌측으로 돌아 움직이며 묵운을 뻗고 있었다.

구양봉 역시 기민한 반응을 보여줬다.

몽둥이를 맹렬하게 휘돌리며 묵운의 움직임을 막아내며 역공을 펼쳤다.

타구봉법의 절초 중 하나인 사타구배(斜打狗背)다.

풍월은 구양봉의 무서운 기세에 잠시 물러나 호흡을 가다듬었다.

풍월에게 여유를 주고 싶지 않았던 구양봉이 봉타쌍견이란 초식으로 풍월을 압박했다.

몽둥이가 몸을 타격하려는 순간, 부드럽게 회전을 하며 몽둥이와 부딪친 묵운이 몽둥이를 허공으로 날려 버렸다.

자기 손에서 멀어지는 몽둥이를 황당한 얼굴로 바라보는 구양봉. 그런 구양봉을 향해 뇌격권이 날아들었다.

꽝! 꽝! 꽝!

양손을 거칠게 휘두르며 뇌격권을 막는 구양봉이 연이어 뒤로 밀렸다.

초반의 기세를 잃고 형편없이 밀리기 시작한 구양봉을 보며 황천룡이 고개를 갸웃거렸다.

"도대체 무슨 짓을 한 거지?"

황천룡이 팔짱을 낀 채 두 사람의 비무를 지켜보던 형응의 옆구리를 툭 치며 물었다.

"뭐가요?"

"방금 전에 후개의 몽둥이를 날려 버린 수법. 뭔지 아냐고?"

"잘은 모르겠지만 아마도 상대의 힘을 역으로 이용한 것 같은데요."

"상대의 힘을 역으로 이용해? 사량발천근이나 이화접목 같은 걸 말하는 거냐?"

"비슷해요."

"누구는 아예 힘으로 찍어 누르더니, 이제는 상대의 힘까지 이용한다는 것이로구만."

황천룡은 조금 전, 풍월의 강맹한 공격에 찍소리도 내지 못하고 무참히 무너진 자신의 신세를 떠올리며 고개를 흔들었다. 뭔가 굉장히 억울한 표정이다.

"한데 뇌격권으로 강룡십팔장을 상대하려는 걸까?"

황천룡의 곁에 있던 유연청이 풍월의 움직임에 시선을 고정하며 물었다.

"설마요. 형님의 뇌격권도 만만치는 않지만 강룡십팔장엔 어림도 없어요. 지금이야 기세상 밀리고는 있지만 큰 형님이 반격을 시작하면 어쩔 수 없이 무기를 들어야 할 겁니다. 예전엔 몰라도 지금의 강룡십팔장은 차원이 달라요."

구양봉과의 비무를 통해 강룡십팔장의 무서움을 뼈저리게 느낀 형웅이 단언을 했다.

그의 말을 증명이라도 하듯 형편없이 밀리던 구양봉이 어느 순간부터 압도적인 힘으로 풍월을 몰아치기 시작했다.

"그렇지! 잘한다."

구양봉이 승기를 잡기 시작하자 황천룡이 큰 소리로 떠들어댔다.

"짓뭉개 버려! 후개로서 개방의 힘을 보여주는 거야!"

위태로운 모습으로 밀리는 풍월의 모습에 십 년 묵은 체증이 내려가는 느낌이었다.

신나서 떠들어대는 황천룡과는 달리 형웅은 날카로운 눈빛으로 풍월의 움직임을 살폈다.

겉으로 보기엔 구양봉의 공격을 감당하지 못하는 것 같았지만 풍월이 구양봉이 마음껏 무공을 펼치도록 유도한다는 느낌이 강했다.

뇌격권이라면 모를까, 묵뢰를 들고 저렇듯 밀린다는 것은 애당초 말이 되지 않는 것이었다.

하지만 일각이 흐르고 이각 여의 시간이 흐를 때까지도 비무의 흐름에 조금도 변함이 없자 형웅의 마음에도 의구심이 깃들었다.

지칠 줄 모르는 황천룡의 응원, 기세가 오를 대로 오른 구양봉의 광오한 외침이 주변을 뒤흔들고, 호선과 호광을 비롯하여 비무를 비켜보는 개방의 제자들, 심지어 형웅마저 풍월의 패배를 걱정하고 있던 바로 그 순간, 풍월의 음성이 모두의 귓가에 파고들었다.

"놀 만큼 놀았지?"

*　　　*　　　*

소림사 본전에서 가장 멀리 떨어진 여래당(如來堂).

소림사 방장 혜각과 수뇌들이 향불 대신 진한 약향으로 가득한 여래당에 방문한 것은 해가 중천에 떴을 때였다.

혜각의 등장에 여래전주 광우가 인상을 찌푸렸다.

"바빠죽겠는데 왜 또?"

방장에 대한 예의는커녕 퉁명스럽기 짝이 없는 말투에도 혜각은 물론이고 그와 함께한 수뇌들 중 누구도 토를 달지 못했다.

당연했다. 배분도 배분이지만 탁월한 의술을 지닌 광우는 괴팍하기론 소림사에서 따를 수가 없는 기인이자 괴승이었다. 마치 친우 생사의괴 제갈총처럼.

"좀 어떻습니까, 사숙?"

혜각이 걱정스럽단 눈길로 침상을 바라보았다.

그의 시선이 머무는 곳, 젊은 여인이 죽은 듯 누워 있었다.

그녀는 이틀 전, 북리연을 선봉으로 한 북해빙궁의 대대적인 공격에 맞서 싸우다 큰 부상을 당한 검황 화운악의 마지막 후손인 초연, 정확히는 화연이었다.

당장이 풍월을 잡을 계책을 세우라고 날뛰던 북리연은 자취를 감춘 풍월 일행을 직접 찾는 것보다는, 북해빙궁이 소림사를 공격한다는 거짓 정보를 흘려 소림사를 지원하기 위해 움직이는 개방의 제자들을 치는 것이 풍월을 끌어들이는 데 더욱 효과적이라는 궁주와 군사의 감언이설에 넘어갔다.

북해빙궁이 중원 진출을 했음에도 지금껏 단 한 번도 싸움에 나서지 않았던 북리연이 직접 병력을 이끌고 선봉에 나서자 북해빙궁의 전력 자체가 달라졌다.

궁주 북리천과 더불어 빙제의 무공을 고스란히 이어받은 그녀는 타의추종을 불허하는 무공광으로서 북해빙궁에서 능히 세 손가락 안에 꼽힐 정도로 막강한 실력을 지녔다. 어쩌면 나름 격무(?)에 시달리는 궁주보다 더 강할 것이란 소문이 돌 정도였다.

소림사의 몇몇 고승들이 북리연의 공격을 감당하지 못하고 쓰러졌을 때 그녀를 막아선 사람이 바로 화연이었다.

검황의 후예로서 화연의 실력은 무섭게 성장하고 있었다. 비록 역대 검황이 지녔던 무위에 비할 바는 아니나, 이미 그 누구도 함부로 할 수 없을 정도의 실력을 갖추었다.

일전에 후개와 개방의 방주에게 치명상을 안긴 북리편을 막아냄으로써 세상에 자신의 존재를 제대로 드러내기도 했다.

그런 화연과 북리연이 소림의 운명을 놓고 뜨겁게 격돌했다.

두 사람의 싸움은 처음엔 용호상박(龍虎相搏)이라 할 만큼 치열하게 전개됐다.

서로의 약점을 노리며 짓쳐드는 매서운 공격에 일진일퇴(一進一退)를 거듭했다.

하지만 시간이 흐를수록 승기는 북리연에게 넘어갔다.

화연은 불리한 여건 속에서도 끈질기게 대항했지만 패배를 막아내지는 못했다.

그렇다고 무기력한 패배를 당한 것은 아니다.

화연은 북리연이 날린 회심의 일격에 치명상을 당하면서까지 최후의 반격을 가했고 그녀에게 싸움을 멈추고 물러나야 할 수밖에 없을 정도로 상당히 엄중한 부상을 안겼다.

결과적으론 양패구상이라 할 수 있으나, 부상의 경중을 따지자면 누가 보더라도 북리연의 승리였다.

북리연이 엄중한 부상을 당하자 북해빙궁은 곧바로 공격을 멈추고 물러났다. 기습적이면서도 대대적인 공세로 얻을 수 있는 것은 이미 충분히 얻은 터라 미련 없이 철수를 한 것이다.

상처뿐인 승리다.

그 승리에 누가 가장 큰 공을 세웠는지는 두말할 필요가 없었다.

광우가 미안함과 고마움을 동시에 품은 눈으로 화연을 바라보는 혜각에게 불쑥 손을 내밀었다.

"내놔."

"예? 무엇을 말씀하시는지요?"

혜각이 영문을 모르겠다는 얼굴로 되물었다.

"대환단."

대환단이라는 말에 혜각이 입을 쩍 벌렸다. 그를 따라온 다른 이들 역시 황당하다는 반응이었다.

"이 아이의 몸에 침투한 음한지기가 몹시 집요하고 매서워. 지금 잡지 않으면 치료는 더욱 힘들어질 테고 자칫하면 목숨을 잃을 수 있다."

"하지만 사숙. 그렇다고 대환단을 사용하는 것은……."

말도 안 된다는 얼굴로 따지던 천왕각주 혜산은 광우의 무심한 눈빛을 보곤 황급히 입을 다물었다.

"대환단이 귀한 것이고 얼마나 만들기 힘든지는 나도 안다. 하지만 결국은 사용하라고 만든 것이야. 이런 저런 핑계를 대며 썩어 문드러질 때까지 처박아두라는 것이 아니라."

"그만큼이나 심각한지요?"

혜각이 굳은 표정으로 물었다.

"그래, 황 방주가 이렇게 목숨을 잃었지. 그때도 대환단을 보내자고 했건만……."

당시 목숨 걸고 반대했던 수뇌들을 쏘아보며 말을 이었다.

"뭐, 대환단으로 치료하기엔 워낙 시간이 촉박했지. 설사 대환단을 복용한다고 하더라도 치료할 가능성도 희박했고."

"하면 화 시주가 복용해도 소용없는 것은 아닌지요?"

조용한 반박에 미간을 꿈틀한 광우가 음성의 주인을 향해 고개를 홱 돌렸다.

벼락같이 호통을 치려 했으나 음성의 주인이 장경각주 혜인임을 알고 화를 누그러뜨렸다.

무공을 익히지 않은 학승(學僧)으로서 방장을 포함하여 현 소림사 수뇌 중 가장 사리가 밝고 침착하며 지혜로운 고승이 바로 혜인이다.

광우도 혜인에게만큼은 어지간해선 큰소리를 내지 않았다.

"저 아이의 단전에는 상당한 힘이 잠들어 있다. 아마도 전대 검황이 죽기 전에 남겨준 것일 터. 대환단을 복용시키고 잠들어 있는 힘까지 저 아이의 것으로 만들어줄 수만 있다면 몸에 침투한 음한지기도 능히 몰아낼 수 있을 것이다."

광우의 시선이 고민하는 혜각에게 향했다.

"북해빙궁의 공세가 대단하다고 들었다."

"예."

"앞으로도 계속 이어질 테고."

"그렇겠지요."

"음한지기를 몰아내고 저 아이의 단전에 잠들어 있는 힘을 깨운다면 소림은 천군만마를 얻게 될 것이다. 대환단 따위를 아낄 것이 아니란 말이다."

광우의 강력한 설득에도 혜각은 쉽게 결정을 내리지 못했다.

일 년 전, 소림사의 미래라 할 수 있는 공각이 대환단을 복용하고 달마동(達磨洞)으로 들어간 지금, 남은 대환단은 이제 단 하나뿐이었다. 앞으로 언제 다시 대환단을 만들 수 있게 될지 가늠조차 되지 않았다.

혜각이 고민에 고민을 거듭하자 몇몇 수뇌들은 광우의 호통에도 불구하고 그를 만류했다.

"알겠습니다. 대환단을 내드리지요."

한참이나 고심하던 혜각이 마침내 결정을 내렸다.

"안 됩니다, 방장!"

"사형! 재고해 주십시오."

"대환단을 소림의 제자가 아닌 외인에게 사용할 수는 없습니다."

혹시나 하고 있던 이들이 벌떼처럼 만류를 했으나 혜각의 결심은 변하지 않았다.

"잘 생각했다. 참으로 올바른 결정을 해주었구나."

혜각이 얼마나 힘든 결정을 한 것인지 모르지 않기에 광우 역시 아낌없는 찬사를 보냈다.

"이제 곧 반쪽짜리가 아닌 제대로 된 검황의 부활을 보게 될 터. 검황과 그 누구냐? 천마의 무공을 이어받았다는 녀석이……."

"풍월이라 합니다."

누군가 말했다.

"그래, 그놈. 둘의 힘이라면 소림, 아니, 무림을 덮고 있는 이 지독한 암운도 걷어낼 수 있을 게다."

광우의 음성엔 꼭 그리 된다는 확신보다는, 그리 되었으면 하는 바람이 깃들어 있었다.

"한데 그놈은 언제 이곳으로 오는 것이냐?"

*　　　*　　　*

뜨거운 햇살이 내리쬐는 오후, 대다수가 그늘에 앉아 휴식을 취하고 있었지만 황천룡과 풍월 두 사람은 나름 치열한 비무를 하며 열심히 땀을 흘리고 있었다.

비무라기보다는 풍월의 일방적인 공격을 황천룡이 죽을 정도로 고통스러운 얼굴로 막는 것이 대부분이었다. 한데 조금만 힘들면 온갖 핑계를 대면서 도망치던 황천룡이 어찌 된 일이지 쉽게 포기를 하지 않았다.

풍월의 역공에 온몸을 두들겨 맞고 수십 번도 넘게 땅바닥을 굴렀지만 굴하지 않았다. 그럴수록 악을 써가며 혼신의 힘을 다해 덤벼들었다. 저돌적으로 덤벼드는 황천룡을 보며 풍월은 입가에 진한 미소를 지었다. 그러고는 더욱 매섭게 몰아쳤다.

"힘들지도 않나. 아주 이를 갈았네."

술병을 들고 나뭇등걸에 비스듬히 기댄 구양봉이 지칠 줄 모르는 황천룡의 끈기에 혀를 내둘렀다.

"왜요? 부러워요?"

형웅이 묘한 웃음을 지으며 물었다.

"부러워? 됐다. 비무라면 이제 지긋지긋하다."

구양봉이 샐쭉한 표정을 지으며 고개를 홱 돌렸다. 그러고는 거칠게 술을 들이켰다. 그런 구양봉을 보며 형웅은 물론이고 유연청마저 웃음을 감추지 못했다.

몸을 회복하고 미친 듯이 비무에 매달렸던 구양봉이 왜 그런 반응을 보이는지 너무도 잘 알고 있기 때문이다.

소림사를 향해 북상하기 전날, 구양봉과 풍월은 여느 때처럼 비무를 벌였다. 하지만 비무의 내용만큼은 여느 때와는 차원이 달랐다.

풍월의 도움을 받아 개방 장로들이 몸에 쏟아부은 양강지력의 대부분을 자신의 것으로 소화한 구양봉은 과거와는 전혀 다른 무위를 보여주었다.

비교적 손쉽게 막힌 타구봉법과는 달리 막강한 내력을 바탕으로 펼치는 강룡십팔장의 위력은 정말 무시무시했다. 기세를 빼앗긴 풍월이 공격은커녕 방어에만 급급할 정도로 형편없이 밀렸다.

모든 이들이 구양봉의 승리를 예감할 때, 심지어 형웅마저 혹시나 하는 마음을 지니고 있을 때 장난처럼 툭 내뱉은 말과 함께 이어진 풍월의 반격은 지켜보는 모든 이들을 충격의 구렁텅이로 밀어 넣었다.

단 일격이었다.

아무렇게나 휘두르는 것처럼 보였던 단 한 번의 공격에 그토록 기세를 올렸던 구양봉이 무려 십장이나 날아가 처박혔고 그대로 정신을 잃었다.

한참 후에 정신을 차린 구양봉은 잔뜩 겁먹은 얼굴로 말했다.

세상의 모든 것이 무너지는 듯한 환상과 더불어 끝을 알 수 없는 암흑과 그 암흑을 갈가리 찢어버린 뇌전이 자신을 덮쳤다고.

겉에서 보기엔 그저 단순한 일격이었으나 공격을 당한 구양봉은 단순한 움직임 속에서 수백, 수천의 변화를 직접 보았고 감당한 것이었다.

"천마… 뢰라고 했던가."

구양봉의 중얼거림에 형웅이 곧바로 반응했다.

"예, 천마무적도의 후삼초라고 하더라고요. 옛날엔 내력도 부족하고 성취도 미약해서 사용할 엄두를 내지 못했다고 했어요."

"젠장, 그런데 왜 하필이면 나하고 비무를 할 때……."

구양봉은 억울한 마음에 말을 잇지 못했다.

"컥!"

외마디 비명과 함께 비무가 끝났다.

개방의 제자들이 축 늘어진 황천룡에게 달려갈 때 어깨에 묵뢰를 걸친 풍월이 일행이 쉬고 있는 그늘로 걸어왔다.

"고생했어요, 오라버니."

유연청이 얼른 달려가 물주머니를 건넸다.

"아주 뜨겁네, 뜨거워. 비무랍시고 가녀린 여인을 인정사정 없이 두들겨 패는 놈이 뭐가 그리 좋다고."

구양봉이 야유를 보냈다.

그의 말대로 풍월을 대하는 유연청의 태도는 예전과 확연이 달랐다. 조금은 조심스러워 했던 행동도 어색했던 호칭도 거침이 없었다.

"매 맞으며 키운 정이 무섭다더니만……."

형웅이 지나가는 말로 툭 던졌다.

"이건 또 뭔 개소리야? 누가 그래?"

구양봉이 어이없다는 얼굴로 되물었다.

"옛날에 절 가르친 수하들이······."

"미친 개소리야. 정은 무슨 얼어 죽을! 그냥 폭력이다. 정이 아니라 그 폭력에 겁을 먹은 거고. 알았냐? 행여나 그런 생각은 하지도 마라."

구양봉이 펄펄 뛰자 형응이 씨익 웃으며 어깨를 으쓱거렸다.

"그 웃음은 뭐야? 알아들었다는 거야, 모르겠다는 거야?"

구양봉이 씩씩거리며 다그치려 할 때, 어느새 다가온 풍월이 그가 들고 있던 술병을 낚아챘다.

단숨에 술병을 비운 풍월이 술병을 툭 던지며 말했다.

"내가 황 아저씨하고 비무를 하면서 생각해 본 것이 있는데."

"사람을 그리 두들겨 패면서 무슨 생각을 해?"

구양봉이 코웃음을 치며 물었다.

"알잖아. 내 능력."

풍월이 자신의 머리를 툭툭 치며 웃었다.

"잘났다."

"오늘따라 왜 이리 까칠해? 아무튼 나한테 계획이 하나 있어."

"계획? 무슨 계획?"

구양봉이 시큰둥하면서도 약간의 기대감이 섞인 얼굴로 물었다.

"그전에 확인할 것이 있어. 얼마 전에 소림사하고 북해빙궁하고 제대로 붙었다고 했지?"

"그래, 꽤나 큰 피해를 당했다고 하더라. 뭐, 북해빙궁도 만만치 않은 피해를 입었다고는 하지만."

소림사에 남은 개방의 제자들을 떠올리는 것인지 구양봉의 낯빛이 조금 어두워졌다.

"어쨌거나 쌍방이 큰 피해를 당했으면 당분간은 얌전해지겠지?"

"무슨 말을 하고 싶은 건데?"

"매번 먼저 두드려 맞았잖아. 한 번 정도는 뒤통수를 후려쳐 줘야 될 것 같아서."

말을 이해하지 못한 구양봉이 미간을 찌푸리자 풍월이 얼굴로 흘러내린 머리카락을 뒤로 쓸어 넘기며 말했다.

"이참에 우리도 빈집 털이 한번 해보자고."

제73장

북벌(北伐)

"저곳입니다."

호광이 커다란 관제묘를 가리키며 말했다.

시골 동네의 관제묘치고는 꽤나 규모가 있었지만, 관리가 제대로 되지 않아서 그런 것인지 지붕은 반쯤 무너져 내렸고 담장 또한 대부분이 허물어져 있는 것이 흉가나 다름없었다.

"이미 와 있는 모양이네."

구양봉이 관제묘 안쪽에서 흘러나오는 불빛을 가리키더니 거침없이 발걸음을 움직였다. 호광이 혹여 적일 수도 있으니 조심해야 한다는 충고를 했으나, 귓등으로도 듣지 않았다.

관제묘에 도착하자 조그만 덩치의 사내가 모닥불을 피우고 그 위에 쇠꼬챙이에 꿰인 오리를 굽고 있었다.

별다른 향신료도 뿌리지 않았으나 불에 구워지는 그 냄새 자체만으로 관제묘에 도착한 모든 이의 군침을 돌게 만들었다.

"오랜만입니다, 부단주."

사내를 알아본 구양봉이 환한 웃음을 지으며 소리쳤다.

"누구……"

깜짝 놀란 사내가 번개처럼 몸을 돌리며 경계하다 구양봉의 얼굴을 보곤 얼른 몸을 굽혔다.

"황의단(黃衣團) 부단주 모순이 후개를 뵙습니다."

"우리 사이에 뭘 그리 거창하게 인사를 하고 그럽니까."

모순에게 다가간 구양봉이 격하게 그를 안고는 어쩔 줄 몰라 하는 모순에게 풍월 등을 소개했다.

격의 없는 인사가 끝나고 다들 모닥불을 중심으로 둘러앉았다.

"술은 충분한 것 같은데 어째 이것만으론 안주가 부족할 것 같네."

구양봉이 기름이 뚝뚝 떨어지고 있는 오리구이를 보곤 혀를 날름거렸다.

"죄송합니다. 혼자 움직이다 보니 아무래도 준비가 미흡했습니다."

모순이 고개를 숙이자 구양봉이 손을 내저었다.

"술만으로도 충분해요. 안주야 알아서 해결해야지."

구양봉의 시선이 형웅에게 향했다. 풍월도 덩달아 그의 옆 구리를 쿡 찔렀다.

"알았어요."

한숨을 내쉰 형웅이 조용히 관제묘를 빠져나갔다.

모순은 미안해서 어쩔 줄을 몰라 했지만 이곳까지 오는 길 에 지금과 같은 상황을 거의 매일 목도한 유연청과 황천룡은 신경조차 쓰지 않았다.

"이거 맛이 굉장히 독특하네. 이건 무슨 술입니까?"

풍월이 입안 가득 맴도는 향은 물론이고 톡 쏘는 맛이 일 품인 술을 연신 들이켜며 물었다.

"청강주(淸江酒)라고 인근에서 유명한 술입니다. 후개님도 그 렇고 풍 공자께서도 술을 좋아한다고 하셔서 제가 직접 술도 가에서 조달했습니다."

"하하! 제가 또 그 정도까지는 아닙니다만, 아무튼 고맙습 니다. 잘 마시겠습니다."

"흐흐흐! 이런 배려는 참으로 고맙군."

황천룡도 지지 않고 술잔을 비웠다.

그렇게 몇 순배의 술이 돌았을 때였다.

관제묘를 떠났던 형응이 꿩 세 마리와 살이 통통하게 오른 토끼 두 마리를 잡아왔다.

다른 사람들은 그러려니 했지만, 모순은 일각도 되지 않아 다섯 마리의 꿩과 토끼를 잡아온 형응을 경이롭다는 눈빛으로 바라보았다.

형응이 안줏감을 잡아오자 한쪽에서 모닥불을 피우고 물을 끓이고 있던 호광이 재빨리 움직였다.

꿩을 끓는 물에 집어넣은 후, 토끼 가죽을 벗기고 배를 갈랐다. 배에서 꺼낸 토끼 간에 간단히 소금을 뿌린 후, 석쇠에 올려 굽기 시작했다.

순식간에 구워진 토끼 간은 일행의 안주로 모두의 입을 즐겁게 했다.

그사이 호광이 가볍게 삶아진 꿩의 털을 뽑고 내장을 꺼낸 뒤, 꼬챙이에 꿰어 불길에 올렸다.

"토끼는 어쩔까요?"

호광이 물었다.

"냅둬. 양념을 하지 못해서 그런지 누린내가 너무 심해. 안주로서도 영 별로고."

구양봉이 오만상을 찌푸리며 고개를 젓고는 호광에게 어서 술자리에 참석하라며 손짓했다.

"배가 불렀다니까. 개방의 후개라는 인간이 음식을 가린다니! 이게 말이 된다고 생각하냐?"

풍월이 형웅에게 마지막 남은 토끼 간의 조각을 건네며 물었다.

"그러게요. 처음엔 잘 드시더니만 언제부터인지 좀 가리시네요."

형웅까지 거들고 나섰지만 구양봉은 되레 그를 탓했다.

"이게 어디 내 잘못이냐? 막내가 사냥을 너무 잘해서 그런 거다. 입이 고급이 되다 보니까 제대로 요리가 되지 않은, 누린내 나는 토끼 고기는 더 이상 몸이 받아들이질 않아."

억울한 표정으로 눈을 껌뻑이고 있는 형웅을 향해 한쪽 눈을 찡그려 보인 구양봉이 모순을 향해 고개를 돌렸다.

"그런데 부단주, 소림에선 아직입니까?"

구양봉이 앞서 굽던 고기를 쫙 찢으며 물었다.

"예, 하루 정도는 더 걸릴 것 같습니다."

"흡, 최대한 빨리 움직여 달라고 했는데. 누가 오는지는 확인되었습니까? 우리 쪽에선 아예 연락을 끊고 있어 확인을 할수가 없습니다."

구양봉의 물음에 모순이 오히려 되물었다.

"모릅니다. 솔직히 저는 후개께서 소림이 아니라 어째서 이곳까지 오신 것인지, 또 절대적인 비밀 유지를 명하시며 저를 부르신 것인지도 알지 못합니다."

"그게 또 그렇게 되는 건가요?"

민망한 표정을 지은 구양봉이 태연히 술잔을 들고 있는 풍월을 가리키며 말했다.

"일단 이 사달이 난 것은 다 저 녀석 때문입니다."

모순의 시선이 자신에게 향하자 풍월이 슬쩍 손을 치켜들었다.

"잘났다."

못마땅한 얼굴로 핀잔을 준 구양봉이 살점을 뜯어 입에 넣고는 질겅질겅 씹으며 말을 이었다.

"우선 부단주를 이곳으로 부른 이유는 간단합니다. 장성 밖, 북해무림을 가장 잘 알고 있는 사람이 부단주이기 때문이지요."

"북해… 무림 말씀이십니까?"

"예, 아닙니까?"

"맞습니다. 일단 제 임무가 북해무림의 동향을 관찰하는 것이었으니까요. 그런데……."

모순이 의문을 갖기도 전에 풍월이 물었다.

"직접 가보기도 하셨습니까?"

"물론입니다. 가장 기본적인 일이니까요. 정보망도 나름 구축해 두긴 했는데 북해빙궁이 무림을 공격하기 전, 기습적으로 공격을 받는 바람에 거의 무너졌습니다. 겨우 살아서 도망쳤지요."

구양봉이 의미심장한 얼굴로 술잔을 내밀었다.

"그래서 부단주가 필요한 겁니다."

"예?"

"북해무림에 대해 제대로 안내를 해줄 사람이 필요하다는 말입니다."

"무슨 말씀이신지… 안내라면 서, 설마 북해무림으로 가신 다는 말씀입니까?"

구양봉은 대답 대신 풍월과 잔을 부딪치며 웃었다.

"안 됩니다, 절대 안 됩니다."

모순이 벌떡 일어나며 고개를 저었다.

"북해무림의 절대자라 할 수 있는 북해빙궁이 중원무림과 싸우고 있습니다. 이런 상황에서 북해무림으로 가신다니요. 절대로 안 됩니다."

"부단주의 걱정은 고맙습니다. 충분히 이해도 되는군요. 하나 지금은 가고 말고 할 때가 아니라 이미 결정을 내렸습니다. 부단주는 우리가 원하는 곳으로 제대로 안내를 해주면 됩니다."

조금은 장난스러웠던 구양봉이 분위기를 다잡았다.

"하지만……."

"지금까지는 부탁이었지만 이제부터는 명이 될 겁니다. 안내를 해주세요."

명이라는 말에 모순도 어쩔 수 없었다.

"명을 받듭니다."

모순이 깊숙이 허리를 숙이며 대답하자 구양봉이 얼른 술을 권하며 웃었다.

"어쩨 분위기가 어색해졌네요. 부단주의 걱정을 모르는 바가 아니지만 너무 걱정하지 마요. 설마 죽으러 가겠습니까? 다 생각이 있어서 그러는 겁니다. 물론 저 녀석의 생각이라는 것이 문제지만."

"대체 무슨 일로 북해무림으로 가시려는 건지 여쭤도 되겠습니까?"

모순이 애써 굳은 표정을 풀며 물었다.

"빈집 털이를 하러 갑니다."

"예? 빈집… 털이라니요?"

무슨 말인지 이해를 하지 못한 모순이 고개를 갸웃거리며 되물었다.

"북해무림을 공격하러 간다고요."

"아! 그래서 그토록 은밀히 움직이신 거군요. 소림에서도 지원군이 오는 것이고. 내일쯤 도착한다는 전갈만 받았지 누가, 얼마나 오는지 전혀 알려주지 않은 이유가 바로 그 때문이었군요. 그런데 정무련의 정예들이 오는 것입니까? 몇 명이나 움직이는 것입니까?"

모순이 질문을 퍼부었다.

"정무련의 정예들은 무슨. 많이 와야 네댓 명 정도 올 겁니다. 애당초 그 정도 인원밖에 요청하지 않았으니까."

"맙소사! 하면 여기 있는 인원과 네댓 명의 지원군으로 북해무림을 치신다는……."

고개를 끄덕이는 구양봉을 보며 모순은 아무 말도 하지 못했다. 경악으로 가득한 눈동자는 마구 떨렸고 쩍 벌어진 입에선 침까지 흘러내렸다.

구양봉은 물론이고 주변 사람 모두가 모순이 받은 충격을 충분히 이해하고 있었다. 그들 역시 풍월에게 북해무림을 치러 간다는 소리를 들었을 때 모순의 반응과 다르지 않았다.

모순의 심정을 백분 이해한 사람들이 너 나 할 것 없이 술을 권했고, 술의 힘을 빌려 충격에서 벗어나고 싶었던 모순이 사양하지 않고 술을 들이켜면서 조금은 가라앉았던 분위기가 살짝 달아올랐다.

한데 바로 그때, 관제묘 밖에서 인기척이 느껴졌다.

가장 먼저 인기척을 느낀 풍월이 모두에게 손짓하자 달아올랐던 관제묘의 분위기가 급격히 식어버렸다. 호광이 모닥불을 끄려 하자 풍월이 그럴 필요는 없다며 말렸다.

관제묘에 얼굴을 들이민 사람은 모두가 잘 아는 사내였다.

"형님!"

호광이 호선을 알아보곤 반색을 했다.

호광의 어깨를 두드려 준 호선이 구양봉을 향해 허리를 꺾었다.

"제자 호선, 후개를 뵙습니다."

"어서 와. 고생했어."

구양봉이 모종의 임무를 띠고 일행과 헤어져 소림으로 향했던 호선의 등을 두드려 주었다.

"다른 제자들은 잘 도착했고?"

"예, 다들 무사히 도착했습니다."

"영감들은? 행여나 총단으로 몰려간다고 하지는 않지?"

구양봉은 소림사에 머물고 있는 개방의 장로들이 혹여 무리한 행동을 할까 걱정했다.

"소림사에서 전력을 정비하라는 후개님의 말씀을 전했습니다. 걱정하지 마십시오."

"다행이네. 그건 그렇고, 그쪽에선 뭐래?"

"무척이나 황당해했습니다. 더불어 절대적으로 무리라고……."

호선이 구양봉과 풍월의 눈치를 살피며 말끝을 흐렸다.

"거절인가 보네."

풍월이 쓴웃음을 지었다.

"그럴 줄 알았다. 누가 봐도 미친 계획이니까. 그래도 막상 거절을 당하니까 좀 실망스럽기는 하다."

"초 소저는 만나봤습니까?"

풍월이 물었다.

"초 소저라면… 예, 화 소저를 만나기는 했습니다."

"화 소저요?"

"초 소저의 본래 성이 '화'라고 합니다."

"흠, 검황의 핏줄이니 당연하겠네. 이제 정체를 감출 필요가 없다는 말이겠군."

구양봉의 말에 풍월이 인상을 팍 쓰며 물었다.

"그래서, 화 소저는 뭐랍니까? 그녀도 거절했습니까?"

"아닙니다. 상당히 긍정적으로 생각하고 있습니다. 다만 부상이 완쾌되지 않아 움직이기가 힘들다고 했습니다."

부상이란 말에 다들 깜짝 놀랐다.

"화 소저가 부상을 당했다는 말입니까?"

"예, 지난 싸움에서 후개께서 당한 빙백한천투살공에 큰 부상을 당했다고 합니다. 음한지기가 몸에 침투해서 고생을 하고 있었습니다."

"가봐야 하는 거 아냐?"

북해빙궁에서도 극소수만 사용할 수 있는 빙백한천투살공의 음한지기가 얼마나 지독하고 치료하기가 힘든지 누구보다 잘 알고 있는 구양봉이 풍월을 돌아보며 물었다.

"그건 아니 것 같은데. 완쾌가 되지 않았다고 했지 못 고치고 있다는 말은 안 했잖아. 안 그래요?"

"그렇습니다. 부상에서 완전히 벗어나지는 못했지만, 음한지기는 더 이상 문제가 아닌 것으로 알고 있습니다."

"말도 안 돼! 대환단이라도 사용한 거야, 뭐야."

구양봉이 어이가 없다는 얼굴로 소리치자 호선이 눈을 동그랗게 뜨고 말했다.

"맞습니다. 대환단을 사용했습니다. 후개께서 그 사실을 어찌 아셨습니까?"

"……"

괜히 억울한 마음에 대충 던진 말이 얻어 걸린 것이라 딱히 뭐라 할 말이 없었다.

"그런데 이상하네. 나하고 연락을 주고받을 땐 혼자 온다는 의미 같지는 않았는데. 아니냐?"

호선이 보낸 전서구를 받았던 모순이 이상하다는 듯 물었다.

"아, 제가 말씀드리는 것이 늦었습니다. 함께 온 사람이 있습니다."

호선이 아차 싶은 표정으로 말했다.

"함께 와? 누가?"

구양봉이 깜짝 놀라 되물을 때 풍월과 형웅의 시선은 이미 관제묘의 입구로 향해 있었다.

젊은 승려가 바지춤을 추켜올리며 걸어오다 돌부리에 걸려 비틀거렸다. 넘어지진 않았지만 어깨가 관제묘의 문짝과 부딪치는 바람에 그렇잖아도 반쯤 떨어져 있던 문짝이 완전히 떨어져 나갔다.

요란스레 등장한 젊음 승려가 자신에게 쏠린 시선을 의식하곤 황급히 반장을 취하며 인사를 했다.

"소승, 소림의 공각이라고 합니다."

이십대 후반의 나이에 눈매는 서글서글했고 광대가 살짝 올라간 것이 가만히 있어도 웃는 상이었다.

"구양봉입니다."

구양봉이 마주 인사를 하자 공각이 반색을 했다.

"후개시군요. 오랜만에 뵙습니다."

"저와 만나신 적이……."

공각이 기억에 없던 구양봉이 난처한 표정을 짓자 공각이 껄껄 웃으며 말했다.

"벌써 잊으셨습니까? 지난 화평연의 비무대회에서 함께했습니다만."

"아! 그렇군요. 미안합니다. 제가 기억력이 나쁜 편은 아닌데, 당시의 모습과는 너무 많은 차이가 있어서 실수를 범했습니다."

"하하! 소승이 폐관수련을 하면서 많이 바뀌기는 했습니다. 다들 깜짝 놀라더군요."

"아, 그렇군요. 아무튼 반갑습니다. 이쪽은……."

풍월과 형웅 등을 소개하려던 구양봉이 갑자기 말문을 닫았다.

'공… 각이라고? 그리고 폐관수련이라면…….'

문득 누군가의 별호가 떠올랐다.

북해빙궁과의 싸움에서 엄청난 활약을 한 소림사의 젊은 나한. 불가의 제자답지 않게 손속이 사납고 피를 보는 것을 전혀 꺼리지 않아 혈나한(血羅漢)이라고 불린다는 그의 법명이 바로 공각이었다.

"혈… 나한?"

구양봉이 자신도 모르게 공각의 별호를 언급했다.

"아미타불! 그렇게 불린 적이 있기는 합니다."

공각이 낯빛을 살짝 붉히자 구양봉은 그가 혈나한이라 불리는 것을 그다지 좋아하지 않는다는 것을 눈치채곤 얼른 말을 돌렸다.

"제 아우들과 지인들입니다."

구양봉이 풍월 일행을 소개하자 공각의 눈이 반짝반짝 빛났다. 특히 풍월을 보는 눈빛은 단순히 호기심과 반가움을 넘어섰다.

"하하! 무림에 출도하자마자 천하에 위명을 떨치신 풍 공자님과 이제야 제대로 인사를 나누는군요. 반갑습니다. 소승 공각입니다."

"위명을 떨치다니요. 스님께서 제 얼굴에 금칠을 하시는군요."

풍월이 묘한 웃음을 지으며 고개를 숙였다. 풍월의 곁에 있던 형웅도 덩달아 인사를 했다.

"형웅입니다."

가만히 형웅을 보던 공각이 고개를 절레절레 흔들었다.

"어후, 나이도 많지 않아 보이는 시주께서 뭔 놈의 업보를 이리 쌓으셨을꼬. 몸에 배인 혈향하며 아주 피에 젖어 사셨구려."

공각은 아무렇지도 않게 내뱉는 말이었지만 형웅의 표정은 절로 굳을 수밖에 없었다.

형웅의 표정을 본 구양봉이 재빨리 유연청과 황천룡을 인사시켰다.

유연청과는 별다른 문제없이 인사를 한 공각이 황천룡에겐 남의 것을 탐할 인상이 강하니 늘 조심해야 한다고 충고하며 그의 속을 뒤집어놓았다.

"형님, 어째 좀 그런데요."

호광이 분위기 파악을 전혀 못 하고 연신 신나서 떠들어대는 공각을 가리키며 나직이 말했다.

"말도 마라. 함께 오는 동안 돌아버리는 줄 알았다."

여전히 떠들어대는 공각을 바라보며 호선이 오만상을 찌푸렸다.

"왜요?"

"지금껏 스님에 대한 모든 인상과 상식이 깨졌다고나 할까."

"그 정도야?"

"말로는 부족하다. 겪어봐야 알아."

그동안 얼마나 당했는지 호선이 자신도 모르게 몸서리를 쳤다.

"…대환단을 복용하고 광우 사숙조님의 집중적인 치료 덕분에 화 시주의 몸에 침투한 음한지기는 모조리 몰아냈습니다. 사숙조님이 성격이 좀 그래서 그렇지, 의술 하나는 굉장히 뛰어나신 분입니다. 어느 정도냐면 일전에……"

광우에 대한 일화를 설명하던 공각이 다시금 주제로 돌아온 것은 일각의 시간이 흐른 뒤였다.

"아무튼 화 시주는 풍 공자님의 전갈을 받고 이곳으로 오고 싶어 했습니다. 다만 광우 사숙조께선 몸이 완전치 않고 다른 누구보다 적진의 주목을 받고 있는 화 시주가 소림을 떠나게 되면 계획 자체가 조기에 발각될 위험이 있다고 판단하셨습니다. 해서 저를 보내신 겁니다. 달마동에서 출동한 지 고작 하루 만에."

"달마동에서 폐관수련을 하고 계셨던 모양입니다."

구양봉이 관심을 표명하자 공각이 한숨을 푹 내쉬었다.

"예, 그렇습니다. 북해빙궁과의 싸움에서 그동안 소승을 괴롭혔던 어떤 깨달음의 단초를 얻는 바람에요. 사실 소승은 원하지 않았습니다. 소림이 위험한데 깨달음이 문제겠습니까. 한데 방장께서 저를 감금하다시피 하는 바람에 어쩔 수가 없었습니다. 그런데 이거 솔직히 할 짓이 못됩니다. 아무리 수련이 중하다고 해도 아무도 없이 혼자 처박혀 있는 것은 너무 힘듭니다. 그것도 일 년이나요."

"그래도 화 소저를 대신해 이곳으로 오시게 된 것을 보면 폐관수련이 큰 성과가 있으셨던 것 같습니다."

풍월이 웃으며 말하자 언제 한숨을 내쉬었냐는 듯 공각의 얼굴에 자부심이 가득했다.

"소승의 입으로 이런 말씀을 드리는 것은 좀 그렇지만, 어릴 적부터 소소 조사님 이후로 최고의 기재라는 평을 받았습니다. 소림이 자랑하는 칠십이절예 중 서른여섯 가지를 익힌 사람은 소소 조사님 이후에 본승이 최초입니다. 그래서 그 귀하다는 대환단도 복용하게 되었고 달마동에 갇히는 영광도 얻은 것이지요. 혼자 있는 것이 조금 힘들기는 했지만 그래도 많은 것을 얻었습니다. 달마동에서 큰 성과를 본 무공 중 하나가 백보신권(百步神拳)인데 이게 익히기가 무척이나……."

분위기를 보아하니 공각의 설명이 언제 끝날지 가늠이 되지 않기에 풍월이 슬며시 끼어들었다.

"한데 소소 조사님이란 분이 혹 우내오존이라 일컬어지시는 소소신승을 말씀하시는 겁니까?"

"아미타불! 풍 공자께서도 소소 조사님을 아시는군요."

풍월이 소소신승을 언급하자 공각의 표정이 더없이 환해졌다.

"하하! 어쩌다 보니 그리 되었습니다. 하지만 무림인치고 우내오존, 그분들의 전설적인 위명을 모르는 사람은 없을 것입니다."

"무림에 알려진 것보다 훨씬 대단하신 분입니다. 특히 소림의 무공과 잠시 속세에 경험하신 것을 토대로 몇 가지 무공을 남기셨는데 불광도법(佛光刀法)이 특히나 위력적입니다. 칠십이 절예 중 가장 힘들게 익힌 것이 백보신권이었는데, 불광도법엔 비할 바가 아니었지요. 달마동에서 일 년이나 처박혔던 이유도 어찌 보면 불광도법을 제대로 익히기 위함이었습니다."

그야말로 청산유수다. 누군가 끊지 않으면 밤이라도 새울 기세였다.

"아무튼 공각 스님과 같은 분이 합류를 해주셔서 얼마나 든든한지 모릅니다. 모든 문파에서 이번 계획에 회의적인 시선 같은데 오직 소림에서만이 큰 결단을 내려주셨습니다."

구양봉이 공각을 보내준 소림사의 결정에 감사를 표하자 공각이 뿌듯한 표정을 지었다.

"누가 봐도 무모한 계획이었으니까요. 하나, 그렇기에 성공한다면 엄청난 효과를 기대할 수 있는 계획이었습니다. 다른 문파에선 어찌 의논하고 결정을 내린 것인지 모르지만 본사는 광우 사숙조께서 적극적으로 지지를 하셨다고 들었습니다. 본사에서도 많은 어른들이 반대를 하셨습니다. 부끄럽게도 소림의 미래라 할 수 있는 본승을 너무 위험한 곳에 보낸다는 이유 때문이었습니다. 아, 그렇다고 계획 자체를 반대하신 것은 아니었습니다. 소승 대신 사대금강(四大金剛)을 보내자고 하셨으니까요. 하지만 달마동에서 나와 이 소식을 접한 소승이 방장님께 직접 부탁을 드렸습니다. 계획에 참여하고 싶다고요."

"힘든 결정을 내려주셨습니다. 참으로 영광… 입니다."

고개를 숙이는 구양봉의 입꼬리가 뒤틀리는 것을 본 풍월이 슬며시 고개를 돌려 웃었다.

"무슨 말씀을! 소승이 영광이지요. 한데 소승의 후각을 마비시키는 이 향은… 저거 곡차입니까?"

이제사 주향을 맡은 것인지 코를 벌름거리던 공각이 한쪽에 놓인 술동이를 발견하고 눈동자를 반짝거렸다.

"아, 예. 청강주라고 합니다."

"청강이란 이름의 곡차군요."

공각의 눈은 술동이에 고정되어 있었다.

"스님께서도 술… 곡차를 좋아하시는 모양입니다."

구양봉이 떨떠름한 얼굴로 말했다.

"물론입니다. 소승이 달마동에서 있을 때 가장 힘들었던 것이 곡차를 접할 수 없다는 것이었습니다. 물론 궁하면 방법을 찾게 마련이지요. 하루는 제가 거주하는 달마동 안으로 오색의 비늘을 가지고 있는 뱀 한 마리가 기어들어 오더군요. 때마침 주변에 꽃들도 만발한 터라 적당히 화사주(花蛇酒)… 아미타불! 곡차를 만들기도 했지요. 워낙 급하게 만들어 원하는 만큼의 향은 만들지 못했지만 맛은 일품이었습니다. 양기가 치솟는 바람에 한동안 고생도 좀 했지요. 하지만 진정한 곡차는……"

신나게 떠들어대는 공각의 말을 차마 끊지 못한 구양봉은 영혼 없는 맞장구를 쳐주며 언제 끝날지 알 수 없는 공각의 말을 한참이나 더 들어야 했다.

"형님이 어째서 그런 말을 하는지 알겠네요. 내 평생 저렇게 말이 많은 사람은 처음입니다. 우리 후개께서도 좀 많긴 하시지만, 이건 비교 자체가 되지 않네요."

호광이 헛웃음을 내뱉으며 고개를 흔들었다.

"그렇지? 열흘 동안 시달렸다고 생각해 봐라. 잘 때도 스님의 말들이 귓가에서 웅웅거리며 돌아다닌다."

호선의 말에 호광은 상상도 하기 싫다는 표정으로 귀를 막았다.

"야, 아무리 봐도 땡중 아니냐?"

황천룡이 형웅의 옆구리를 툭 치며 물었다.

"글쎄요."

"뭔 놈의 스님이 말이 저리 많아. 게다가 내가 잘못 들은 것이 아니라면 지금 뱀술을 담갔다는 말이잖아. 곡차는 얼어 죽을! 나중엔 고기까지 뜯는다고 하겠다."

황천룡의 말이 끝나기도 전에 노릇하게 구워진 꿩에 손을 뻗은 공각이 다리 하나를 시원스레 찢어 질겅질겅 씹었다.

"땡중 맞네. 저거 땡중 맞아."

황천룡이 기가 찬다는 얼굴로 말했다.

"땡중인지는 모르겠지만 실력은 진짭니다."

형웅이 공각의 웃는 얼굴에 시선을 고정시킨 채 말했다.

"뭐? 말이 되는 소리를 해야지."

황천룡이 강하게 부정했다.

"틀림없습니다. 처음 보았을 때 온몸에 소름이 돋을 정도였으니까요. 강합니다. 그것도 엄청나게."

형웅의 진지한 표정과 말투에 굳어진 얼굴로 공각을 바라보는 황천룡. 하나, 이내 고개를 저었다.

"실력을 모르겠다. 그렇지만 땡중이라는 건 확실해."

*　　　　　*　　　　　*

"아직도 찾지 못한 게냐?"

북리천이 어둔 표정으로 서찰을 확인하는 북리건을 다독이며 물었다.

"예, 죄송합니다."

"일전에 산해관(山海關—만리장성의 동쪽 끝에 자리하고 있는 관문) 인근에서 놈들로 의심되는 자들을 보았다고 하지 않았느냐?"

"그런 정보가 올라오기는 했습니다만 확실하지가 않았습니다. 숫자상으로도 조금 차이가 있고요. 무엇보다 놈들이 그 먼 곳으로 이동할 이유가 없습니다. 죄송합니다."

"네가 죄송할 것은 없다. 가용할 수 있는 모든 인원을 동원하여 찾고 있음에도 찾지 못한다는 것은 놈들이 작심하고 숨었다는 것을 의미하는 것이니. 너무 신경 쓰지 말거라."

북리천이 다시금 북리건을 격려했다.

"개천회 쪽에선 별다른 말이 없는 것이냐?"

북리강이 물었다.

"예, 은밀히 놈들을 쫓던 요원들이 모조리 목숨을 잃었다 했습니다. 그 이후, 개천회에서도 풍월 그자를 놓친 것이 확실합니다."

북리건이 답답한 표정을 짓자, 전대 군사 북리근이 그의 어깨를 가만히 다독이며 말했다.

"단순히 놈의 행방을 찾는 것이 중요한 것이 아니라 놈들이 무슨 의도를 가지고 몸을 숨겼는지를 파악해야 한다는 생각이 드는구나."

"사부께선 짚이는 것이 있으십니까?"

"글쎄다. 짚이는 것이라기보다는 몇 가지 의문이 드는구나. 그들이 개방의 총단에 아예 모습을 드러내지 않았다고 했다. 맞느냐?"

"예."

"소림에도 도착하지 않았고."

"그렇습니다. 오봉산 이후, 완전히 흔적이 끊겼습니다."

"흠."

잠시 생각에 잠기던 북리근이 다시 물었다.

"정무련이나 소림 쪽에선 아무런 움직임이 없느냐?"

"별다른 움직임은 없습니다. 소소한 병력의 이동은 있으나 신경 쓸 정도는 아닙니다. 검황의 후예가 부상에서 완쾌되었다는 것이 그나마 가장 큰 소식이라 할 수 있습니다."

검황의 후예가 회복되었다는 말에 북리강이 깜짝 놀라 물었다.

"연아가 혹시 이 사실을 아느냐?"

"아직 말씀드리지 않았습니다."

"잘했다. 그 아이가 완쾌된 것을 알면 당장 쳐들어가려 할 테니까."

북리강이 안도의 한숨을 내쉬었다.

"네 고모는 아직도 그러고 있느냐?"

북리천이 물었다.

"예, 여전히 식음을 전폐하다시피 하며 수련에 몰두하고 있습니다."

"후. 언제나 철이 들런지."

북리천은 검황의 후예와의 싸움에서 승리를 거두기는 했다지만 불의의 일격에 큰 부상을 당한 뒤 이에 충격을 받아 미친 듯이 수련에 몰두하고 있는 북리연을 떠올리며 근심 어린 표정을 지었다.

"어린 계집을 압도하지 못한 것이 꽤나 큰 충격이었나 봅니다. 차라리 잘된 일일 수도 있습니다. 그동안 조금은 자만하는 모습이었는데 이번 일을 발판으로 더욱 성장할 수 있을 겁니다."

북리강의 말에 북리천도 고개를 끄덕였다.

"그렇게 된다면야 얼마나 좋겠습니까."

두 사람의 대화가 끝날 때까지 생각에 혼자 잠겨 있던 북리근의 입이 다시 열렸다.

"소소한 병력의 이동이 있다고 했더냐?"

"예."

"누가, 어떤 이들이 움직이고 있느냐?"

북리근의 말투에 뭔가 심상치 않음을 느낀 북리건은 모든 기억을 동원해서 소림과 정무련의 동향을 설명했다.

"흠, 네 말대로 확실히 신경 쓸 만한 움직임은 없구나. 하면 소림이나 정무련의 도움 없이 뭔가 수작을 부린다는 것인데……."

북리근이 고개를 갸웃거릴 때 북리건이 아차 싶은 얼굴로 입을 열었다.

"참, 일전에 혈나한이 폐관수련을 마쳤다는 보고도 있었습니다."

혈나한이란 이름에 북리천과 북리강도 큰 관심을 보였다.

"혈나한? 공각인가 뭔가 하는 그 미친 중놈 말이냐?"

공각의 이름은 북해빙궁의 수뇌들까지도 기억하고 있을 정도로 북해빙궁 내에선 꽤나 악명이 높았다.

"예, 바로 그자입니다."

"그놈은 지금 뭘 하고 있느냐?"

북리강이 물었다.

"그게… 폐관수련을 끝내자마자 소림을 떠났습니다."

"뭐라? 근래 들어 소림이 배출한 최고의 기재라는 놈이, 한창 전투 중에 폐관수련을 한 것도 괴이한 일인데, 폐관수련을 끝내자마자 소림을 떠나? 허! 이건 또 뭔 개수작이야."

북리강이 어이없다는 표정을 지었다.

"그게 언제 일이냐?"

북리근이 굳은 표정으로 물었다.

"대략 이십여 일 전입니다."

"이십 일이라……"

북리근이 탁자를 톡톡 두드리며 눈을 감았다.

제법 시간이 흐르자 북리강이 참지 못하고 물었다.

"걸리는 것이라도 있는 건가?"

눈을 뜬 북리근이 미간에 주름을 깊게 만들며 고개를 끄덕였다.

"풍월이란 녀석도 그렇지만 제일 마음에 걸리는 것은 개방의 후개입니다."

"후개? 놈이 왜?"

"아비나 다름없는 방주가 죽었습니다. 그를 지키기 위해 무수히 많은 제자들도 죽었습니다. 총단도 잿더미가 되었지요.

살아남은 제자들은 소림에 모여 있습니다. 한데 이제는 개방의 방주라고 할 수 있는 놈이 이 모든 것을 외면한 채 모습을 감췄습니다. 총단에도, 소림에도 찾아오지 않았습니다. 그렇다고 본궁에 도발을 한 적도 없습니다. 저는 이걸 도저히 이해할 수가 없습니다. 복수에 눈이 뒤집혀도 몇 번은 뒤집혀야 하는 자가 이토록 침묵하는 이유를."

답답함을 감추지 못한 북리근이 문득 생각난다는 듯 북리건을 돌아보았다.

"일전에 산해관에서 봤다는 놈들 말이다."

"예."

"대충 어떤 놈들인지 적혀 있느냐? 인원이나 어떤 특징이 있다거나."

"확인해 보겠습니다."

재빨리 대답한 북리건이 호위의 도움을 받아 자신의 처소로 돌아갔다.

잠시 후, 사륜거를 밀고 문을 부술 듯이 나타난 북리건의 손에 구겨진 서찰 하나가 들려 있었다.

"인원은 아홉 남짓, 딱히 별다른 특징은 없으나 일행 중 스… 님으로 보이는 자가 한 명 끼어 있다고 합니다."

북리건의 음성이 절로 떨렸다.

방 안에 있던 이들은 그 스님으로 추정되는 자가 사라진 혈나한임을 직감했다.

"풍월과 후개, 혈나한으로 보이는 자들이 산해관을 넘었습니다. 이게 무슨 의미라고 보십니까?"

북리근이 북리천 등을 돌아보며 물었다.

딱히 대답은 없었으나 그 의미를 모르는 사람은 아무도 없었다.

*   *   *

북해빙궁에서 풍월의 행방과 그들의 의도를 눈치챘을때 풍월 일행은 이미 첫 번째 목표를 눈앞에 두고 있었다.

"저곳이 바로 봉황문(鳳凰門)입니다. 북해빙궁의 오른팔이라 할 수 있는 장백파에 비할 바는 아니나 북해무림에서도 꽤나 규모가 크고 영향력이 있는 곳입니다. 관문과도 같은 곳이라 할 수 있지요. 참고로 봉황문은 중원의 모용세가와는 같은 뿌리에서 나왔다고 알려져 있습니다. 하지만 현재에 와서 딱히 어떤 연관성은 없는 것으로 압니다."

모순이 어둠에 잠겨 있는 거대한 건축물을 가리키며 말을 이었다.

"현 문주는 모용창, 요동검선(遼東劍仙)이란 별호로 불릴 정도로 검에 뛰어난 고수지요."

"북해빙궁과 함께 움직이지 않았습니까?"

구양봉이 물었다.

"북해빙궁에 많은 제자들을 지원하기는 했지만 문주가 직접 움직이지는 않았습니다. 아들 모용운이 그를 대신해 북해빙궁에 합류한 것으로 압니다."

"그래서 몇 놈이나 남아 있는 건데?"

황천룡이 봉황문의 정문을 훑어보며 물었다.

"절반 정도 남아 있습니다. 이백 명은 훨씬 넘을 겁니다."

"이… 백 명? 많네."

예상보다 많은 숫자에 황천룡이 움찔했다. 풍월이 그런 황천룡의 옆구리를 쿡 찌르며 말했다.

"자신감을 가져요. 예전의 아저씨가 아니라니까요."

"그, 그래."

풍월의 격려에도 황천룡은 불안감을 감추지 못했다.

"막내야."

풍월이 형웅을 불렀다.

"예."

"인원이 많으니까 일단 우두머리부터 치고 보자. 먼저 시작해. 우린 조금 뒤에 들어갈 테니까."

"알겠습니다."

간단히 대답한 형웅이 봉황문을 향해 거침없이 움직였다.

모순은 용담호혈이나 다름없는 곳을 향하면서도 조금의 긴장감도 없는 형웅과, 잘 다녀오라는 듯 웃으며 손을 흔들어주는 이들의 반응을 보고는 도저히 이해할 수 없다는 표정을 지었다.

"왜요? 걱정돼요?"

모순이 불안한 얼굴로 형웅의 뒷모습을 바라보는 것을 본 구양봉이 웃으며 물었다.

"물론입니다. 형 공자가 천하제일의 살수라는 것은 알지만, 봉황문 역시 만만한 곳이 아닙니다. 아무런 준비도 없이 암습이 성공할 수 있을지 걱정이 되는군요."

"천하제일 살수가 아니라 고금제일 살수에 근접한 녀석입니다. 북해빙궁이라면 모를까, 봉황문 정도에 발목이 잡히지는 않을 겁니다."

여전히 의구심을 감추지 못하는 모순에게 걱정하지 말라는 미소를 지은 구양봉이 몸을 돌리더니 뭔가를 봤는지 짜증을 확 냈다.

"어휴, 이 땡중아! 그만 처먹고 집중 좀 하자."

구양봉이 바위에 걸터앉아 육포를 안주 삼아 술을 홀짝이고 있는 공각을 향해 달려갔다.

공각과 일행이 만난 지 어느새 열흘, 탁월한 친화력을 발휘한 공각은 풍월 일행과 마치 십년지기처럼 거리낌 없이 지내

고 있었다. 풍월, 형웅 등과는 어느새 형님 아우를 하는 사이
가 됐고 동갑내기인 구양봉과는 눈만 마주쳐도 투닥거렸다.

"마실래?"

공각이 술병을 내밀며 물었다.

"됐다. 그나저나 너 심각해. 완전 중독이야. 어떻게 하루 종
일 술병을 손에서 놓지를 않냐? 말술을 자랑하는 나도 그 정
도는 아니다."

"내가 얘기하지 않았나? 열 살의 어린 나이에 사부를 따라
소림에 오르기 전, 술도가에서 온갖 잡일을 하며 보냈다고.
그런 내게 술 찌꺼기는 밥이요, 술은 물과 같은 것이었지. 사
부를 따라 소림에 들어와 가장 힘들었던 것이 술, 아니, 곡차
를 접할 수 없었다는 것이야. 뭐, 몇몇 깨어 있는(?) 사숙들이
나 선배들 숙소에서 가끔 훔쳐 마시기는 했지만 양에 찰 정도
는 아니었어. 결국 그간의 경험을 통해 익힌 기술로 내가 직
접 만들기로 했지. 그때 나이가 아마 열한 살이었나 두 살이
었나. 아무튼 처음 만든……"

공각의 말이 하염없이 길어지려는 찰나, 구양봉이 그의 말
을 재빨리 끊었다.

"제발, 닥쳐! 어째 그놈의 주둥이는 한번 열리기만 하면 화
수분처럼 말들을 쏟아 내냐?"

"화수분이라. 오랜만에 듣는 단어네. 사부께서 종종 내게

쓰시던 단어였는데."

공각이 삼 년 전에 입적한 사부를 떠올리며 술병을 입에 댔다.

"장담컨대 땡중 너를 거두고 이만큼이나 키워주신 사부님이야말로 진정 부처님의 현신일 거다. 안 그러냐?"

답답함을 참지 못하고 가슴을 친 구양봉이 팔짱을 낀 채 봉황문을 바라보고 있는 풍월을 향해 소리쳤다.

"난 또 왜 끌어들이실까나."

"시끄럽고! 이리와. 막내가 본격적으로 움직이기 전까지는 조금 시간이 있을 테니까 한잔하자."

공각의 곁에 털썩 주저앉은 구양봉이 그의 손에 돌린 술병을 낚아채 벌컥벌컥 마시며 풍월에게 손짓했다.

어깨를 으쓱거린 풍월이 그들에게 다가가 술병을 받았다.

"그런데 풍월 아우, 모조리 치면서 북상할 건가?"

공각이 안주를 건네며 물었다.

"전에 말했다시피 그럴 순 없습니다. 놈들도 가만히 있지는 않을 테니까. 그래도 최대한 쓸어버릴 생각입니다. 부단주님."

풍월이 모순을 불렀다.

"예, 공자님."

모순이 얼른 달려왔다.

"봉황문과 장백파 사이에 있는 놈들의 문파가 몇이나 있다고 했죠?"

"음, 제대로 따지자면 무척이나 많습니다. 장성 넘어 모든 문파가 북해빙궁의 영향력에 속한다고 해도 과언은 아니니까요."

"그때 기준을 말씀드렸습니다."

"예, 공자님의 기준을 감안한다면 일곱 정도 됩니다."

대답을 마친 모순에게 술병을 건넨 풍월이 공각에게 말했다.

"들었죠. 일단 그놈들하고 장백파까지는 확실하게 마무리를 하자고요."

"아미타불! 제대로 살계를 열어야겠네."

"저, 저! 눈 번들거리는 것 봐라. 넌 어째 스님이란 놈이 피를 못 봐서 환장한 놈 같냐?"

"내 비록 곡차에 빠져 지내기는 했으나 피를 탐하지는 않았다. 하지만 북해빙궁이 본사를 공격하면서 모든 것이 변했지. 사형제들이 놈들의 마수에 목숨을 잃으면서 나도 어쩔 수 없이 변해야 했다. 특히 어릴 적부터 내게 많은 곡차를 선물해 주신……."

"거기까지!"

구양봉은 공각의 말이 길어지려는 낌새가 보이자 술병으로 그의 입을 틀어막았다.

이후, 황천룡과 유연청까지 가세해 이어진 술판이 끝난 것은 형응이 봉황문에 잠입한 지 정확히 반 시진이 지난 후였다.

어둠에 잠겼던 봉황문이 곳곳에 밝혀진 횃불로 인해 대낮처럼 환해졌다.

분노에 찬 고함 소리가 연이어 울리고 분주하다 못해 다급한 움직임이 봉황문 전체에서 느껴졌다.

"아우가 성공한 모양이다. 이제 우리 차례군."

입안에 마지막 술을 쏟아 넣은 구양봉이 자리에서 벌떡 일어났다.

"시작은 내가 한다."

공각이 어느새 앞으로 나서며 말했다.

풍월과 그 일행은 별다른 말 없이 공각의 뒤를 따랐다.

"조심해. 너무 앞서지 말고."

풍월이 유연청의 손을 슬며시 잡으며 말했다.

"걱정하지 말아요. 황 숙부도 그렇지만 누구 덕분에 나도 예전의 내가 아니니까요."

유연청이 엷은 미소를 지으며 말했다.

"그래도."

"알았어요."

풍월과 유연청이 서로에게 나름 애틋한 눈길을 보내고 있을 때 앞서 걷던 공각이 봉황문의 정문을 코앞에 두고 걸음을 멈췄다.

"왜?"

구양봉이 인상을 찡그리며 물었다. 하지만 말이 끝나기도 전, 공각이 걸치고 있는 가사(袈裟—장삼 위에 걸쳐 입는 승려의 법의)가 바람에 펄럭이고 승복이 팽팽히 부풀어 오르는 것을 보고는 얼른 뒤로 물러났다.

"타합!"

우렁찬 외침과 함께 공각이 왼발을 앞으로 내디디며 힘차게 주먹을 뻗었다.

내디딘 왼발이 발목까지 땅을 파고들고 내뻗은 주먹에서 집채만 한 권강이 발출되어 정문을 후려쳤다.

쾅!

엄청난 충돌음과 더불어, 높이만 이 장에 두께는 한 자가 넘는 정문이 그대로 산산조각이 나버렸다.

"미, 미친!"

구양봉의 두 눈이 찢어질 듯 부릅떠졌다.

그가 익힌 강룡십팔장도 엄청난 위력을 지닌 무공임에는 틀림없었지만 이렇듯 강력한 파괴력은 없었다.

그런 구양봉의 반응이 마음에 들었는지 공각이 히죽 웃으며 말했다.

"이게 바로 소림의 백보신권이다. 아미타불!"

"멋지네요."

진심으로 감탄한 풍월이 공각에게 엄지손가락을 치켜들고
는 가장 먼저 봉황문에 진입했다.

한밤중에 침입한 암살자.

무려 세 명의 장로가 목숨을 잃고 문주까지 치명상을 입히
고 탈출한 살수를 찾기 위해 쏟아져 나왔던 봉황문의 제자들
은 갑자기 박살이 난 정문과 그 정문을 통해 들어오는 풍월
등을 보며 어찌 반응해야 할지 몰랐다.

외당 당주 모용충이 주춤거리며 물러서는 제자들을 보고는
벼락같은 호통을 쳤다.

"뭣들 하느냐! 적이다. 공격하랏!"

그것이 실수였다.

모용충의 존재를 확인한 풍월이 그를 향해 움직였다.

거리는 대략, 이십여 장.

결코 짧은 거리는 아니었으나 그렇다고 아주 먼 거리도 아
니었다.

풍월은 서두르지 않았다.

마음만 먹는다면 단 몇 걸음으로 도착할 수 있었지만 오히
려 느긋하게 걸음을 옮겼다.

사방에서 공격이 쏟아져 들어왔다. 한데 풍월은 별다른 반

응이 없었다.

뒤를 따라오던 유연청이 깜짝 놀라 움직이려 할 때 황천룡이 그녀의 팔을 잡았다.

"걱정하지 마세요, 아가씨. 저 정도 공격에 당할 놈이 아닙니다."

"하지만……."

"믿으세요. 괴물처럼 강한 녀석입니다."

황천룡의 확언에도 유연청은 불안감을 감추지 못했다. 하지만 황천룡의 말대로였다.

벌떼처럼 달려들어 풍월을 공격하던 자들이 온갖 비명을 내지르며 추풍낙엽처럼 쓰러졌다.

천마탄강이다.

근래 들어 팔성을 돌파한 천마탄강은 어지간한 공격 따위는 아예 접근조차 못 하게 만들었다.

풍월을 공격했던 무기들은 모조리 박살이 났고 전력을 다해 공격했던 적들은 오히려 상상도 할 수 없는 반탄강기에 치명상을 입은 채 고꾸라졌다.

마치 바닷물이 갈라지듯 길이 났다.

길의 끝에 외당 당주 모용충이 있었다.

"괴, 괴물……."

자신을 향해 천천히 다가오는 풍월을 바라보는 모용충의

낯빛이 하얗게 질렸다.

"으으으."

두려움에 떨며 뒷걸음질하던 모용충이 뭔가에 가로막혀 걸음을 멈췄다.

천천히 고개를 돌리는 모용충, 두 명의 노인이 그런 모용충을 보며 노기 어린 표정을 짓고 있었다.

"한심한!"

노인의 노호성에 모용충이 몸을 부르르 떨었다.

봉황문에서 성정이 가장 까탈스럽고 무섭기로 유명한 집법전주의 등장에 안도하면서도 한편으론 후환이 두려웠다.

"정신 차리지 못하겠느냐!"

집법전주 모용황이 다시금 호통을 쳤다.

저승사자와도 같은 모용황의 외침이 풍월에 대한 두려움을 희석시켰다.

몸을 부르르 떤 모용충이 풍월을 향해 검을 휘둘렀다.

조금 전까지 겁에 질렸던 자의 공격이라고 하기엔 그 빠르기나 날카로움이 예사롭지 않았다.

하지만 풍월은 가볍게 손을 내젓는 것만으로 검의 방향을 틀어버리고 모용충의 멱살을 틀어쥘 수 있었다.

"산화… 무영수?"

풍월이 사용한 수법이 화산파의 무공임을 알아본 모용황이 경악에 찬 얼굴로 풍월을 바라보았다.

"끄아아악!"

모용충이 갑자기 비명을 지르며 발광을 했다.

모용황의 눈썹이 꿈틀거렸다.

풍월의 손이 모용충의 단전 어귀를 훑고 지나간 것을 본 것이다.

풍월이 고통을 이기지 못하고 이내 혼절해 버린 모용충을 모용황의 발치에 던지며 살짝 미소를 지었다.

"풍월이라 하외다."

제74장

역습(逆襲)

봉황문주 모용창이 붕대를 감은 모습으로 방문을 나섰다.

지혈이 제대로 되지 않은 것인지, 하얗던 붕대는 이미 붉게 물든 상태였고 색마저 점점 더 진해지고 있었다.

"괜찮으십니까, 아버님?"

문밖에서 대기하고 있던 둘째 아들 모용상이 걱정스럽단 모습으로 물었다.

"견딜 만하다. 살수는 찾았느냐?"

"아직 찾지 못했습니다."

"음."

모용창은 무표정한 얼굴로 자신의 가슴을 찌르던 살수의 모습을 떠올리며 입술을 질끈 깨물었다.

평생토록 검을 휘둘렀고 그만한 명성도 얻었건만 그토록 빠른 검은 난생처음이었다. 반응이 조금만 늦었다면 어깨가 아니라 심장이 꿰뚫려 목숨을 잃었을 터였다.

"피해는? 놈이 말하기를, 이 아비를 찾아오기 전에 다른 이들을 공격했다고 했다."

"진, 청 당숙과 귀수 장로께서 목숨을 잃으셨습니다."

"그… 들이?"

모용창은 사촌 형제들과 평생을 함께한 친우가 목숨을 잃었다는 말에 충격을 받고 몸을 휘청거렸다.

"아버님!"

"괜찮다. 찾아라. 반드시 찾아야 한다."

모용창이 모용상의 팔을 뿌리치며 소리쳤다.

분노를 가라앉히기 위해 애써 심호흡을 하고 있음에도 모용창의 전신에서 엄청난 살기가 피어올랐다.

"모든 제자들이 놈을 찾고 있습니다. 아직 본문을 빠져나가지 못한 것으로 확인하고 퇴로를 차단했으니 곧 잡을 수 있을 것입니다."

"내 친히 놈의 목을 칠……."

이를 부득 갈며 검을 움켜쥐던 모용창의 고개가 홱 돌아갔

다. 느닷없이 봉황문 전체를 뒤흔드는 충격음이 들려왔기 때문이다

"이, 이게 무슨……."

모용상이 당황하여 어쩔 줄을 몰라 할 때, 모용창의 눈빛이 더없이 차갑게 가라앉았다.

"살수 놈 혼자가 아니로구나."

"예?"

"적이 본문을 노리고 있다는 말이다. 따라오너라."

모용창이 굉음이 들려온 곳을 향해 몸을 날렸다. 방금 전까지 휘청거리던 사람의 움직임이라고는 생각할 수 없을 정도로 빠른 몸놀림이었다.

"크헉!"

외마디 비명과 함께 오 장 여를 밀려난 모용황은 부러진 자신의 검을 보곤 믿을 수 없다는 표정을 지었다.

합공을 하자는 장로 국소의 제안을 일축할 때만 해도 충분히 자신이 있었다.

모용충을 단숨에 제압한 화산파의 절기 산화무영수가 얼마나 대단한 무공인지 잘 알고는 있었다. 그럼에도 감당하지 못할 것이란 생각은 아예 하지 않았다.

정작 문제는 상대가 자신을 상대함에 있어 산화무영수가

아니라 자하검법을 사용한다는 데 있었다.

산화무영수를 익혔으니 당연히 화산파의 검법도 익혔을 것이라 예상했으나 자하검법을, 그것도 이렇듯 완벽하게 펼칠 줄은 상상도 하지 못했다.

더구나 좌수검이다.

좌수검을 상대해 본 경험도 거의 없었고, 이토록 수준 높은 좌수검은 더더욱 만나본 적이 없었다.

상리를 무시하는 좌수검의 날카롭고, 빠르며, 예리한 공격에 별다른 반격도 해보지 못하고 속수무책으로 당하고 말았다.

그제야 합공을 하자는 국 장로의 제안을 무시했던 것이 얼마나 어리석은 행동이었는지 뼈저리게 느낄 수 있었다. 이제와 도움을 청할 수도 없었다.

자신에 버금가는, 아니, 어쩌면 조금은 앞설 것이라 예상되는 국 장로 또한 스스로를 후개라 칭하는 개방의 애송이에게 일방적으로 밀리고 있었다. 순간적으로 살펴보았으나 이미 패색이 짙었다.

'개방에 뛰어난 후계자가 등장했다는 것은 알고 있다. 하지만 화산파에 대체 언제 이만한 고수가 출현했단 말인가? 많아 봐야 이제 겨우 이십 대 중반으로 보이거늘.'

산화무영수와 자하검법을 통해 풍월을 화산파의 제자로 확신하고 있는 모용충은 극도로 혼란스러울 수밖에 없었다.

생각은 오래 이어지지 못했다.

풍월이 곧바로 그를 향해 달려들었기 때문이다.

부러진 검을 버리고 옆에 떨어진 검을 집어 든 모용황이 최후의 반격을 위해 한줌의 기력까지 끌어모았다.

한데 바로 그 순간, 실로 어이없는 일이 벌어졌다.

모용황을 향해 달려오던 풍월이 갑자기 검을 던졌다. 그것도 전혀 엉뚱한 방향으로.

'무, 무슨 짓이냐?'

모용황이 눈을 부릅떴다.

모용황의 시선이 자신도 모르는 사이 검을 쫓았다.

빛살처럼 날아간 검이 홀로 고립된 계집을 포위하기 위해 움직이던 제자들을 휩쓸고 지나갔다.

검이 지나간 자리에 남은 것은 힘없이 무너지는 제자들과 그들이 내뱉은 외마디 비명뿐이었다.

"딴 데 정신을 팔 여유가 없을 텐데."

불현듯 들려온 음성에 흠칫 놀란 모용황이 아차 싶은 얼굴로 고개를 돌렸다.

눈앞에 가늠키도 어려운 실력자를 두고 한눈을 팔았으니 그야말로 치명적인 실수다.

적에게 시선을 돌렸을 땐 이미 맹렬한 기운이 그의 코앞까지 짓쳐들고 있었다.

그것이 적의 등에 메고 있던 또 다른 검이라는 것을 직감한 모용황이 필사적으로 검을 휘둘렀다.

꽝!

쇠붙이가 부딪치는 소리라고는 생각할 수 없을 정도로 큰 굉음과 함께 모용황의 신형이 붕 떠서 날아갔다.

재주넘듯 한 바퀴 몸을 돌린 모용황이 검을 땅에 꽂고도 한참을 밀린 다음에야 겨우 자세를 바로잡을 수 있었다.

다시금 경악으로 물든 모용황의 시선이 풍월의 손에 들린 묵뢰에 향해 있었다.

'거, 검이 아니다. 이 무슨……'

당연히 검이라 여겼다.

화산파의 제자가 좌수검에 이어 쌍검이라니. 참으로 별종이라 생각했다.

한데 검이 아니었다. 또한 확실하게 듣고 보았다.

검이라 착각한 칼이 자신을 공격할 때 들려왔던 은은한 뇌성과 순간적인 변화를.

'뢰도법!'

결코 잊을 수가 없었다.

젊은 시절, 북해빙궁을 따라 무림을 공격했다가 풍뢰도법에 목숨을 잃을 뻔한 경험이 있으니까.

그제야 떠올랐다.

몇 년 전, 무림에 화산검선과 철산마도의 후인이 무림에 출도해 엄청난 바람을 불고 왔다는 것을.

'그자의 이름이······.'

모용황이 무심한 표정으로 자신을 향해 다가오는 풍월을 보곤 입술을 꽉 깨물었다.

'풍··· 월이라 했다. 멍청한!'

조금 전, 스스로 풍월이라 이름을 밝혔음에도 제대로 기억하지 못한 자신의 어리석음에 절로 화가 치밀었다.

"하지만 죽··· 었다고 들었는데."

뭐가 뭔지 도통 알 수가 없었다.

중원에선 풍월의 부활을 모르는 사람이 없었다.

소림사를 공격하고 있는 북해빙궁에서도 알고 있다. 다만 장성을 넘어서까지는 아직 전해지지 않았다는 것이 불행이라면 불행이었다.

풍월이 마무리를 짓기 위해 묵뢰를 움직였다.

모용황은 혼란스러운 와중에도 혼신의 힘을 다해 대항했지만 풍뢰도법의 강맹한 위력을 감당하지 못했다.

젊어서는 운 좋게도 목숨을 구했으나 그 운은 한 번뿐이었다.

허공으로 치솟은 모용황의 목이 바닥을 구르고 그와 동시에 강룡십팔장의 일격을 허용한 장로 국소 역시 가슴팍이 뭉개진 채 숨이 끊어졌다.

눈 깜짝할 사이에 봉황문에서 손꼽히는 실력자 두 명을 제거한 풍월과 구양봉이 서로에게 응원을 보냈다. 한데 정작 그들보다 더 큰 활약을 한 사람은 따로 있었다.

풍월과 구양봉이 모용황과 국소를 상대하고 있을 때, 백보신권으로 정문을 부순 공각은 말 그대로 전장을 휩쓸고 있었다.

양 떼 사이에 뛰어든 한 마리 늑대처럼 적진 깊숙이 뛰어든 공각은 압도적인 무위로 소림이 배출한 기재요, 소소신승의 무공을 완전히 이어받았음을 제대로 증명했다.

백보신권의 일격에 십여 명의 동료가 피떡이 되어 쓰러지고 허리까지 내려오는 긴 염주를 풀어 암기처럼 뿌리자 그 배에 달하는 인원이 힘없이 쓰러졌다.

초반 기선을 완벽하게 제압한 공각은 이후, 살계를 여는 대신 칠십이절예 중 하나인 일지선공(一指禪功)을 이용하여 적들의 단전을 파괴하기 시작했다.

소림사가 자랑하는 칠십이절예 중 상위권에 있는 일지선공의 위력은 대단했다.

봉황문 제자들의 수준이 낮지 않음에도 피해내는 이가 단 한 명도 없었다.

눈으로 보아도 피할 수가 없었고, 언제 당하는지 알지도 못한 채 단전이 파괴되어 쓰러졌다.

싸움이 시작된 지 고작 반 각, 공각에 의해 목숨을 잃거나 단전이 파괴되어 쓰러진 자들의 수가 무려 칠십에 육박했다. 공각 단 한 사람에게 봉황문 전력의 삼분지 일이 박살 난 것이다.

"이럴 수가!"

내원에서 도착한 모용창은 눈앞에 펼쳐진 지옥도에 할 말을 잃었다.

"맙소사!"

모용창의 뒤를 따르던 모용상의 몸도 그대로 굳었다.

"내 실수다. 놈의 유인책에 넘어간 것이야. 놈을 쫓는 것이 아니라, 곧바로 이곳으로 와야 했어."

모용창은 갑자기 모습을 드러낸 살수를 쫓느라 시간을 지체한 것이 얼마나 치명적인 타격으로 되돌아왔는지를 직접 확인하며 전신을 부르르 떨었다.

떨리는 눈길로 전장을 살폈다.

절반 가까운 인원이 쓰러졌다. 그나마 남은 이들은 완전히 겁에 질린 상태였다.

전의를 상실한 제자들의 모습에 가슴 한편에서 천불이 치솟았다. 하지만 지금 상황에선 흥분은 전혀 도움이 되지 않는다. 절대적인 냉정함이 필요하다는 것을 알기에 필사적으로 화를 누그러뜨렸다.

목이 잘린 채 쓰러져 있는 모용황을 보았다. 그 옆에 쓰러진 장로 국소도 숨이 끊어진 것 같았다.

열한 명의 장로 중 북해빙궁을 따라나선 장로 여섯을 제외하고 봉황문에 남은 장로 다섯이 모조리 목숨을 잃은 것이었다.

전장을 지배하던 공각이 잠시 손속을 멈추고, 때마침 등장한 모용창으로 인해 싸움은 잠시 소강상태로 접어들었다.

"네놈들은 누구냐?"

모용상에게 빨리 제자들을 수습하라는 눈짓을 보낸 모용창이 공각을 노려보며 말했다.

"소림에서 왔구나."

"아미타불! 소승이 소림에서 온 것은 어찌 아셨습니까?"

공각이 깜짝 놀라 되물었다.

"변방에 처박혀 있으나 일지선공을 못 알아볼 정도로 식견이 없지는 않다. 더불어 당금 천하에 이 정도의 무위를 가진 젊은 무승을 배출할 수 있는 곳이 소림을 제외하고는 떠오르지도 않고."

공각은 모용창의 극찬에 히죽 웃으며 풍월과 구양봉을 바라보았다.

어깨에 힘이 잔뜩 들어간, 마치 자랑하는 듯한 공각의 표정에 구양봉이 어이가 없다는 얼굴로 고개를 흔들었다.

"저 인간은 암만 봐도 땡중도 아닌 것 같아."

"흐흐흐. 확실히 별나긴 해요."

"어쨌거나. 봉황문의 문주께서 등장을 했다는 말이지."

기지개를 켜는 것처럼 두 팔을 머리 위로 올린 구양봉이 언제 농담을 던졌냐는 듯 차가운 눈빛을 번뜩이며 모용창을 향해 걸어갔다.

"너는 누구냐?"

모용창이 공각만큼이나 예사롭지 않은 기세를 뿜어내며 다가오는 구양봉의 전신을 훑으며 물었다.

"개방의 후개 구양봉이다."

거짓일지언정 나름 예의를 갖추었던 공각과는 달리, 구양봉은 적의를 그대로 드러냈다.

"개… 방? 허! 소림에 이어 개방이라니. 아주 작심을 하고 왔구나."

"왜? 공격은 네놈들만 하는 줄 알았던 모양이지."

구양봉이 입술을 비틀며 이죽거렸지만 모용창은 동요하지 않았다. 더없이 차갑고 냉정한 눈으로 구양봉을 바라보다 그 곁으로 천천히 걸어오는 풍월에게 시선을 두었다.

"소림과 개방이 등장했으니 네놈은 무당이나 화산쯤 되느냐? 아니지. 칼을 들고 있는 모양새가 하북팽가에서 왔겠구나. 한데……."

모용창이 조용히 입을 다물었다.

흔들리는 눈빛하며 딱딱하게 굳은 표정이 풍월의 무서움을 조금은 느낀 것 같았다.

'대체 이놈은……'

공각과 구양봉의 기세는 정상적인 몸으로 싸운다고 하더라도 승부를 장담할 수 없을 정도로 대단했다.

풍월은 그들과 달랐다.

겉으로 확 드러나지는 않았지만 육감이, 무인으로서 평생을 갈고닦은 전신의 감각이 미친 듯이 경고를 보내왔다. 공각과 구양봉과는 비교도 되지 않을 정도로 위험한 괴물이라고.

"시간을 끌고 싶은 모양인데 그래 봤자 소용없을 거요."

"무… 슨 뜻이냐?"

모용창이 변명하듯 물었다.

"한번 꺾인 전의는 되살리기 힘들다는 말이외다. 설사 되살아난다고 해도 우두머리가 꺾이면 이내 사라지고 마는 것이고."

"우두머리를 꺾는다라. 하면 네가 노부를 쓰러뜨리겠다는 말이냐? 자신 있으면 오너라."

모용창이 할 테면 해보라는 듯 가슴을 활짝 펴며 외쳤다.

모용창이 기세를 끌어 올렸지만 정작 풍월은 싸울 생각이 전혀 없는 것 같았다.

"병든 닭을 상대할 생각은 없소이다."

"벼, 병든 닭! 네놈이 감히!"

모욕을 당했다고 여긴 모용창이 불같이 화를 낼 때 구양봉이 껄껄 웃으며 나섰다.

"너는 내가 상대한다, 늙은이."

풍월이 앞으로 나서려는 구양봉의 팔을 잡고 귀찮다는 듯 소리쳤다.

"막내야, 그만 끝내자."

풍월의 말이 끝나는 것과 동시에 한줄기 섬광이 허공을 갈랐다.

섬광의 종착지는 모용창의 목이었다.

섬광은 섬뜩한 느낌을 받은 모용창이 미처 반응하기도 전에 그의 목을 가르고 지나갔다.

"끄으으으."

믿을 수 없다는 얼굴로 고개를 돌리는 모용창.

자신을 호위하듯 섰던 제자 중 누군가 차갑게 웃는 것을 보며 천천히 무너져 내렸다.

"네, 네놈이!"

모용창이 암살을 당해 쓰러지는 것을 목도한 모용상이 암살자를 향해 몸을 날렸다. 하지만 암살자에게 다가가기도 전, 옆구리를 강타하는 일격에 그대로 날아가 처박혔다.

십여 장 가까이를 날아가 고꾸라진 모용상은 몇 번 꿈틀거리다가 그대로 숨이 끊어졌다.

"아미타불!"

백보신권으로 모용상의 몸뚱이를 완전히 박살을 내버린 공각이 숨이 끊어진 모용상을 향해 반장을 하며 불호를 되뇌었다.

"와, 가식적인 놈! 죽여놓고 명복을 빈다."

모용창에 이어 모용상까지, 자신이 나설 순간을 놓친 구양봉이 괜스레 툴툴거렸다.

"괜찮냐?"

풍월이 자신의 임무를 완벽하게 수행하고 돌아오는 형응을 반겼다.

"예."

"부상당한 거야?"

구양봉이 형응의 옷에 묻은 핏자국을 살피며 물었다.

"제 피 아닙니다."

형응이 봉황문의 제자로 위장하기 위해 잠시 입었던 장삼을 벗어 던졌다.

"아무튼 고생했다."

풍월이 형웅의 어깨에 손을 얹으며 웃을 때 유연청이 다가와 묵운을 건넸다.

"도와주지 않아도 됐어요."

약간은 새초롬한 표정 하며 날카로운 음성이 풍월이 묵운을 던져 도움을 준 것에 조금은 자존심이 상한 모습이었다.

"알아. 그냥 걱정되어서 그랬어."

풍월이 유연청의 시선을 피하며 변명하듯 말했다.

그런 풍월을 보며 형웅이 슬그머니 몸을 뺐고, 구양봉은 한심하단 얼굴로 고개를 젓고는 모용창과 모용상의 연이은 죽음에 넋이 나간 봉황문의 제자들을 향해 걸어갔다.

"대충 싸움은 끝난 것 같은데. 아니라면 지금이라도 덤벼보고."

구양봉이 오만한 자세로 그들을 도발하며 손짓했다.

봉황문의 제자들은 서로 간에 눈치만 보며 함부로 움직이지 못했다.

모용창과 모용상은 물론이고 그들을 이끌 만한 장로들까지 모조리 목숨을 잃은 상황에서 봉황문 제자들의 시선이 한 중년인에게 쏠렸다.

모용창의 직계 가족을 제외하고 그나마 가장 지위가 높은 감찰단주 모용추였다.

살아남은 제자들의 시선이 자신에게 쏠리자 모용추의 얼굴에 당황한 기색이 역력했다.

마음 같아선 당장 적들을 공격하여 문주님과 장로들의 복수를 하고 싶었으나 그들이 건재했을 때도 이루지 못한 일을 자신과 완전히 전의를 잃고 겨우 목숨만 유지하고 있는 제자들의 힘으로 가능할 것 같지가 않았다.

그렇다고 항복을 하자니 훗날이 두려웠다.

북해빙궁과 북해빙궁을 따라 나선 소문주와 여러 장로들이 자신을 결코 용서할 것 같지가 않았다.

모용추가 어찌해야 할지 갈피를 잡지 못하고 있을 때, 그를 향해 무지막지한 권격이 날아들었다.

"크헉!"

피할 엄두를 내지 못한 모용추가 권격에 강타당해 끊어진 연처럼 나가떨어졌다.

다행히 숨이 끊어지지는 않았는지 바닥을 전전하며 꿈틀거렸다.

"아, 쫌!"

구양봉이 느닷없이 백보신권을 사용하여 모용추를 날려 버린 공각을 향해 버럭 화를 냈다.

"아미타불! 쓸데없이 시간을 끌잖아."

천연덕스러운 공각의 대답에 구양봉은 할 말이 없었다.

"그건 땡중 형님 말이 맞는 것 같은데. 쥐새끼처럼 눈알만 굴리고."

풍월이 공각을 두둔하고 나서자 구양봉은 방금 공각의 행동이 풍월의 사주를 받은 것은 아닌지 의심의 눈초리를 보냈다.

구양봉의 따가운 눈총을 받으며 앞으로 나선 풍월이 겁에 질린 얼굴로 그를 바라보는 봉황문의 제자들에게 선언하듯 말했다.

"결정하기 편하게 해주지. 당신들이 선택할 것은 세 가지야. 첫째는 죽어라 대항하다 모조리 죽는 것."

그렇잖아도 공포에 질려 있는 봉황문의 제자들의 낯빛이 죽는다는 말에 하얗게 질렸다.

"둘째는 스스로 무공을 버리는 것."

곳곳에서 신음이 흘러나왔다. 무림인에게 단전을 파괴한다는 것은 곧 죽음이나 다름없었기 때문이다.

"너, 너무 가혹하지 않소. 단전을 부수라는 건 우리에게 죽으라는 말이잖소."

누군가 억울함이 가득한 목소리로 외쳤다.

그가 누군지 정확히 찍어낸 풍월이 그를 향해 천천히 다가갔다.

주변에 많은 봉황문 제자들이 있었지만 누구 하나 움직이는 자가 없었다.

"무공을 버리라는 것이 꼭 단전을 부수라는 말은 아닌데. 가령 이런 것도 하나의 방법이고."

사내의 손에 들린 검을 힐끗 바라본 풍월이 가볍게 손을 움직였다. 순간, 허공으로 사내의 팔이 치솟았다.

"끄아아악!"

겁먹은 얼굴로 풍월을 바라보던 사내가 비명을 내지르며 주저앉았다.

잘린 팔에서 뿜어져 나온 피로 인해 그의 전신이 붉게 물들었다.

어느새 뒤로 물러난 풍월이 주변을 돌아보며 말했다.

"세 번째가 가장 쉬우면서도 서로가 좋을 것 같은데, 무조건적인 항복과 더불어 봉문을 선언하고 조용히 처박히는 것. 기간은 삼… 오 년이다."

삼 년을 말하려던 풍월은 구양봉이 다섯 손가락을 쫙 펼치는 것을 보곤 기간을 수정했다.

봉문이란 문파, 혹은 세가가 일체의 외부 활동을 하지 않겠다고 선언하는 것이다. 하지만 강제성이 담보되지 않았기에 언제라도 파기를 할 수 있다는 약점이 있다.

제갈세가처럼 드러내 놓고 활동은 하지 않아도 암중에서 움직일 수도 있었다.

그럼에도 풍월이 봉문을 선택하도록 은근슬쩍 유도한 이유는 스스로의 선택이 아니라 항복의 의미에서 봉문을 선택하게 함으로써 그들에게 있어 씻을 수 없는 치욕과 굴욕을 안겨 주기 위함이었다.

더불어 문주와 장로들을 비롯해 어느 정도 위치에 있는 자들을 모조리 제거했고, 전력의 절반 이상을 날려 버린 상황에서 군이 피를 볼 이유가 없기 때문이기도 했다.

"선택해라. 오래 기다려 주지 않는다."

피도 눈물도 없어 보이는 풍월의 모습에 봉황문 제자들의 두려움과 공포는 극에 이르렀다. 이를 참지 못한 몇몇 사내들이 비명과도 같은 욕설을 토해내며 풍월에게 달려들었으나 풍월에게 이르기도 전에 형웅이 날린 검에 모조리 목이 날아갔다.

그것이 마지막 대항이었다.

봉황문의 제자들이 선택할 수 있는 것은 오로지 무조건적인 항복과 오 년간의 봉문뿐이었다.

*   *   *

사륜거를 타고 화연당에 나타난 북리건의 얼굴은 하룻밤 사이에 무척이나 초췌하게 변해 있었다. 아마도 밤을 꼬박 새운 듯싶었다.

"연락은 취했느냐?"

북리천이 안쓰러운 얼굴로 물었다.

"예, 일단 전서구를 띄웠습니다. 하지만……."

"전서구만으로는 안 된다는 말이겠지."

"그렇습니다. 놈들의 목표가 정확히 무엇인지는 예측하기 힘듭니다. 본궁을 바로 노리는 것이면 그 이동 경로를 예측하기가 쉽지만, 만약 단순히 북해무림을 흔들고자 한다면 막기가 쉽지 않아 보입니다. 당장에 지원군, 아니, 최소한 놈들을 제지할 수 있는 고수들을 보내야 합니다."

"미치지 않고서야 그 인원으로 본궁을 노리지는 못할 게다. 아마도 우리의 조력자들을 치려 하겠지."

북리강의 단언에 연화당에 모인 이들 대부분이 고개를 끄덕이며 동의를 표했다.

"저도 그렇게 생각합니다. 해서 더욱더 빨리 움직여야 한다고 봅니다. 본궁은 몰라도 다른 곳은 놈들의 공격을 막기가 쉽지는 않을 것입니다."

"열 명도 안 되는 인원이다. 무시를 해서도 안 되겠지만 너무 걱정할 필요는 없다고 본다."

북해십천의 육좌 북리편이 가소롭다는 표정을 지으며 말했다.

"걱정해야 합니다."

북리건이 단호히 고개를 저었다.

"일전에 낭패를 본 것도 놈의 실력을 제대로 파악하지 못하고 무시를 했기 때문이라고 봅니다."

"음."

북리편의 입에서 불편한 신음이 흘러나왔다. 그의 불편한 심기를 눈치챈 북리건이 고개를 숙이며 말을 이었다.

"죄송합니다. 하지만 생각해 보십시오. 이미 실력이 증명된 풍월을 비롯해서 개방의 후개, 소림사가 공격을 받는 와중에도 폐관수련을 감행한 혈나한, 게다가 천하제일 살수라 소문이 나고 있는 형응이 함께 움직였습니다. 본궁을 제외하고 과연 놈들의 공격을 막아낼 수 있는 문파가 몇이나 되겠습니까?"

"그렇긴 하다만."

북리편이 떨떠름한 표정을 지을 때 북리천이 좌중을 돌아보며 물었다.

"다들 어찌 생각하십니까?"

"군사의 말에 일리가 있는 것 같습니다."

북리강이 가장 먼저 입을 떼자 북리연후가 맞장구를 쳤다.

"비록 그 인원은 얼마 되지 않을지라도 무림에서 손에 꼽을 수 있는 고수들입니다. 대부분 문파의 주요 수뇌들과 정예들이 우리를 따라 움직인 상황에서 막기가 쉽지 않아 보입니다."

이후에 입을 여는 자들도 대부분이 북리건의 의견에 동조를 했다. 물론 북리편을 중심으로 몇몇은 반대까지는 아니더라도 너무 호들갑을 떨 이유는 없다는 의견을 피력했다.

그때, 연화당의 문이 활짝 열리며 장로 모용기가 하얗게 질린 얼굴로 들어섰다.

"자네가 이 시간에 웬일인가? 봉황문의 대장로와 약속이 있다고 한 것 같은데."

북리강이 놀라 물었다.

"봉황문에 일이 생긴 것 같습니다."

"일이라니?"

"봉황문이 봉문을 했… 봉문을 당했다고 합니다."

"대체 무슨 소린가? 봉문이라니! 알아듣게 말을 해보게."

북리강이 약간은 짜증이 섞인 표정으로 소리쳤다.

"방금 전, 봉황문에서 피 묻은 전서구가 날아왔습니다. 풍월과 개방의 후개, 소림사의 중놈에게 공격을 당해 문주는 물론이고 대부분의 제자들이 목숨을 잃었다고 합니다."

봉황문에 뿌리를 두고 있던 모용기의 음성은 주체할 수 없는 분노로 마구 떨리고 있었다.

"정말 그들뿐이오? 다른 병력은 없었소?"

북리천이 물었다.

"그렇습니다. 저 역시 고작 그 정도 인원에 봉황문이 당했다는 것이 여전히 믿기지는 않지만, 정말 그들뿐이라고 합니다."

모용기의 말이 끝나자 화연당에 무거운 침묵이 찾아들었다.

침묵을 깬 사람은 북리건이었다.

사륜거를 밀어 벽으로 이동한 북리건이 벽에 걸린 지도를 짚으며 말했다.

"봉황문이 당했다지만 놈들의 목표는 아직 확신할 수가 없습니다. 만약 놈들이 본궁을 노린다면 이쪽 경로를 이용해 북상해야 합니다. 하지만 그것이 아니라 앞서 말씀드린 대로 북해무림 전체를 혼란에 빠뜨릴 생각이라면……."

손가락을 우측으로 이동시키던 북리건이 어느 한곳을 짚으며 말했다.

"당연히 이곳을 노릴 것입니다."

"그곳이 어디냐?"

북리편이 엉덩이를 들썩이며 물었다.

"장백파입니다. 물론 사이사이에 있는 여러 문파들도 공격을 당할 확률이 무척이나 높습니다."

북리건의 확신에 찬 말에 다들 황당한 표정을 지었다.

다른 곳도 아니고 장백파다.

봉황문이 당한 것은 분명 큰 충격이었다.

다수의 수뇌들과 정예들이 자리를 비웠다고 해도 봉황문은 북해빙궁에 동조하는 수많은 문파들 손에 꼽힐 정도로 규모가 큰 문파였다. 더불어 그만한 실력도 지니고 있었고.

하지만 그런 봉황문도 장백파에 비할 바가 아니다.

장백파는 빙제가 등장하기 전까지 북해빙궁과 어깨를 나란히 할 정도로 막강한 힘을 자랑했다.

여타 문파에 비해 규모도 작았고 속한 인원도 그다지 많지 않았으나 장백파는 그 모든 것을 상쇄할 수 있을 정도로 개개인의 무공이 뛰어났다.

당대 문주 동방호 역시 중원무림에 잘 알려지진 않았지만 개방의 방주와 후개를 쓰러뜨린 북리편마저도 한 수 양보해야 할 정도로 엄청난 고수였고 그의 사형제, 제자들 역시 타의 추종을 불허할 정도로 막강한 실력을 지녔다.

그런 장백파가 열 명도 되지 않는 적들에게 공격을 당한다는 것은 도저히 상상이 되지 않았다.

"차라리 네 말대로 되었으면 좋겠구나. 하면 제 놈들이 얼마나 큰 실수를 한 것인지 뼈저리게 느낄 수 있을 테니까."

북리편이 코웃음을 치며 말했다. 다른 이들의 반응 역시 북리편과 다르지 않았다.

"문제는 봉황문처럼 장백파 역시 상당한 전력의 공백이 있다는 겁니다. 자칫하여……."

"그럴 일은 없다."

북리편이 불안해하는 북리건의 말을 단숨에 잘랐다.

"동방호 그 친구가 남았다. 그가 건재한 이상 네가 염려할 일은 벌어지지 않는다. 절대로!"

확신에 찬 북리편의 음성은 모두에게 믿음을 주기에 충분했지만 북리건의 근심 어린 표정까지는 풀어주지 못했다.

*　　　　*　　　　*

"사부님."

문밖에서 들려오는 음성에 친우와 오랜만에 술잔을 기울이고 있던 장백과 문주 동방호의 표정이 살짝 굳었다.

"들어오너라."

방문이 열리고 중년의 남자가 손에 서찰 하나를 들고 들어왔다.

서찰을 보는 동방호의 표정에 짜증이 어렸다.

"또 온 것이냐?"

"예."

중년인, 동방호의 둘째 제자 금회가 죄송스럽단 얼굴로 서찰을 올렸다.

"됐다. 어차피 똑같은 내용 아니더냐?"

동방호가 귀찮은 얼굴로 손을 내저었다.

"그렇습니다."

"그 일 때문인가? 중원에서 왔다는 어린 녀석들?"

북해무림에서도 손꼽히는 고수이자 동방호의 오랜 지기 낭왕(狼王) 야율진이 천천히 술잔을 입에 대며 물었다.

"맞아. 무슨 걱정이 그리들 많은지 하루도 거르지 않고 매일 날아온다네."

"흠, 그 정도라면 심각한 것 아닌가? 듣자 하니 피해도 제법 있는 것 같던데."

야율진의 시선이 금회에게 향했다.

"가장 먼저 봉황문이 멸문에 가까운 타격을 받았고 이후, 대호장, 의천문과 흑수문, 삼도파가 무너졌습니다. 그리고 이틀 전, 혈응당까지 당했다는 소식입니다."

"흠, 혈응당이라면 코앞인데. 확실히 걱정할 만하겠어. 지금 거론한 문파들을 연결하다 보면 장백파를 노리는 것이 명백하니까."

"상관없네. 있으나 마나 하는 놈들이 당했다고 겁먹을 우리가 아니야."

동방호의 패기 넘치는 말에 야율진이 껄껄 웃었다.

"다른 곳이야 그렇다 쳐도 봉황문까지 싸잡아 무시하다니 자네답군. 그래도 너무했어. 모용창 그 친구가 들으면 섭섭해하겠어."

"섭섭하긴 무슨. 듣자니 제대로 상대도 못 하고 당했다고 하더라고. 요동검선이란 별호가 아까워."

동방호는 야율진의 말에도 비난을 멈추지 않았다.

"솔직히 난 놈들이 빨리 오기를 기다리고 있네. 하룻강아지 같은 애송이들의 목을 날려 이참에 장백파가 어떤 곳인지를 제대로 보여줄 생각이야."

동방호가 호기롭게 외치며 술잔을 들었다.

"멋지군."

야율진이 가볍게 잔을 부딪치며 이에 동조했다. 표정을 보니 우려나 걱정 따위는 조금도 없었다. 당연히 그리될 것이라 여기는 표정이었다.

두 사람의 모습을 보자 더 이상의 보고는 의미가 없다고 판단한 금회가 한숨을 내쉬며 조용히 물러났다. 그리고는 곧바로 장백파의 모든 대소사를 결정하는 천룡전으로 향했다.

"사부께선 뭐라십니까?"

금회가 천룡전에 들어서자마자 사제 석인정이 엉덩이를 들썩거리며 물었다.

금회가 힘없이 고개를 젓자 석인정의 얼굴에 실망의 기색이 드러났다.

"내 그럴 줄 알았습니다."

"할 수 없지. 사부님께서 별말씀하시지 않는데 우리가 먼저 나서기도 뭣한 일이고."

"하지만……."

석인정이 뭐라 입을 열려고 할 때 장로 철항이 말을 자르며
물었다.

"천목당(千目堂)의 아이들은 제대로 풀었느냐?"

"예, 대사형을 따라 중원으로 이동한 아이들을 제외하고 모
조리 쏟아부었습니다."

"성과는?"

"아직은 없습니다만 모든 정보망을 동원해서 놈들을 쫓고
있으니 곧 움직임이 파악될 것입니다."

"확실해야 할 것이다. 알고 공격을 당하는 것과 아예 모르
는 상황에서 기습을 당하는 것은 차이가 크다."

"명심하겠습니다."

석인정이 고개를 숙여 답하자 철항이 주변을 돌아보며 말
했다.

"문주께서야 신경 쓸 것 없다고 말씀하시지만, 우리까지 그
럴 수는 없겠지. 최소한 놈들의 움직임을 파악하고 공격에 대
비는 해야 할 것이네. 놈들의 기습에 말려 쓸데없는 피해를
당해서는 안 된다는 말이네. 특히 천목당주."

철항의 시선이 석인정에게 향했다.

"힘들더라도 조금만 더 신경 써서 놈들을 찾아봐. 얼마나

피해를 줄이느냐는 오롯이 천목당에게 달려 있어."

"예, 최선을 다하겠습니다."

석인정이 다시금 머리를 숙였다.

"어찌 보면 굉장히 좋은 기회 아닌가. 본 파의 존재감을 세상에 드러낼 수 있는 좋은 기회. 다들 정신 바싹 차리고 놈들의 방문을 기다려 보세나."

철항의 말에 천룡전에 모인 이들 모두의 눈빛이 차갑게 빛났다.

그들의 뇌리에 봉황당이나 여타 문파들이 봉문을 하고 멸문에 가까운 피해를 당했다는 사실은 아예 존재하지도 않았다.

*   *   *

'어느새 이놈들이 여기까지!'

어둠 속에서 정면을 응시하고 있던 사내의 눈동자가 경악으로 물들었다.

사내가 품에서 전서구를 대신해서 쓰는 율서(栗鼠: 다람쥐)를 재빨리 꺼냈다.

'총 인원 여섯에 한 명은 여인.'

사내가 고개를 갸웃거렸다. 그가 알고 있는 인원에서 조금 차이가 있었다. 하지만 이내 뭔가를 적어 율서의 등에 매달려 있는 손가락만 한 통에 집어넣었다. 확실하게 확인을 하고 보고를 해야겠지만, 사안이 사안이니만큼 신속한 보고가 우선이란 생각 때문이었다.

"어서 가서 알려라, 어서."

머리를 한 번 쓰다듬어 준 사내가 율서를 던지듯 풀어주었다.

사내의 손을 힘차게 박차고 뛰어오른 율서는 미처 몇 걸음 달리지도 못하고 몸이 반으로 갈라져 버렸다.

율서의 몸이 갈라지는 것과 동시에 위기를 직감한 사내가 번개처럼 몸을 움직였다.

"컥!"

외마디 비명과 함께 사내의 몸이 벼락을 맞은 듯 펄떡 뛰었다가 힘없이 처박혔다.

형웅이 사내의 등에 박힌 비도를 빼어 피를 닦을 때 풍월과 그 일행이 다가왔다.

"이것으로 다섯 명째네."

구양봉이 사내의 몸을 발길로 뒤집으며 말했다.

자신의 죽음을 믿기 힘든 것인지, 아니면 죽는 순간의 고통 때문인지 사내의 얼굴이 잔뜩 일그러져 있었다.

"확실히 경계가 삼엄해진 것 같군요. 천목의 요원들이 모조리 동원된 것을 보면."

호광과 호선을 돌려보내고 홀로 풍월 일행의 길을 안내하고 있는 모순이 사내의 목덜미에 새겨진 그림을 살펴보곤 말했다.

"천목이라니요?"

구양봉이 물었다.

"일전에 말씀드렸습니다만 장백파에서 키운 정보 조직입니다. 핵심 인원은 많지 않지만 주변에서 워낙 막강한 힘을 과시하는 장백파이다 보니 천목을 위해 일을 하는 사람들이 많습니다. 아니, 그냥 대부분의 사람들이 천목의 정보원이라고 보시면 맞을 겁니다. 물론 대다수는 자신들이 장백파를 위해 일하는 것인지도 잘 모르지만."

모순이 사내의 목덜미에 새겨져 있는 그림을 가리키며 말했다.

"하지만 이런 그림을 가지고 있는 자는 몇 없지요. 이들이야말로 천목의 정예 요원이라 보시면 됩니다. 형 공자가 오늘 하루 제거한 다섯 명 중 세 명이 이와 같은 표시가 있었습니다."

"장백파까지는 얼마나 남았지요?"

풍월이 물었다.

"저 봉우리를 지나면 바로입니다. 대략 반 시진 정도면 되겠네요."

모순이 눈앞에 봉긋 솟은 봉우리를 가리키며 말했다.

"다행이네. 난 장백파라고 해서 장백산 어디에 있는 줄 알
았는데."

황천룡이 까마득히 먼 거리에 우뚝 솟은, 짙은 어둠 속에서
도 웅장한 자태를 드러내고 있는 장백산을 가리키며 안도했
다.

"굉장히 규모가 큰 산입니다. 딛고 있는 이곳 역시 장백산
의 영역이라고 보시면 됩니다."

"어쨌거나."

황천룡이 어깨를 으쓱거리며 주머니에서 육포를 꺼내 물자
풍월이 모순을 보며 다시 물었다.

"별다른 변화는 없습니까?"

"예, 특별한 움직임은 없는 것으로 압니다."

"특별한 움직임이 없다라. 놀랍네요. 저들도 그간의 소식을
들었을 텐데요."

"자신감의 표출이라고 할 수도 있습니다. 올 테면 와보라는
것이지요."

"그래요? 묘하게 자극이 되네요."

풍월이 유쾌한 듯 웃음을 터뜨렸다.

"하지만 확실한 정보라고는 할 수 없습니다. 북해빙궁이 무

림을 공격하면서 개방의 활동 폭이 확 줄어들었습니다. 앞서 움직인 호광, 호선 형제가 정보망 복구를 위해 열심히 노력은 하고 있지만 시간이 많이 걸릴 것 같습니다."

"그들에게 굳이 위험을 감수할 필요는 없다고 전해요. 지금껏 본방은 너무 많은 인재들을 잃었습니다."

황천룡의 육포를 탐내고 있던 구양봉이 호광 호선 형제의 말이 나오자 걱정스러운 얼굴로 말했다.

"예, 그렇잖아도 단단히 일러두었습니다."

"아무튼 특별한 변화가 없다는 것은 인원도 마찬가지라는 것이겠지요?"

"그렇습니다."

모순의 대답에 풍월은 얼마 전 그에게 들었던 장백파의 전력에 대해 잠시 떠올렸다.

문주 동방호를 필두로 현재 장백파의 남아 있는 인원은 대략 백오십 남짓이었다. 이중 여인들과 아이들을 제외하고 싸울 수 있는 인원은 백 명 정도로 지금껏 상대해 온 문파들과 큰 차이는 없었다. 오히려 봉황문에 비해선 현저히 적었다.

장백파의 명성이나 북해무림에서 차지하는 지위를 감안했을 때 생각보다 초라한 규모였다. 하지만 모순은 그 정도의 인원으로도 지금껏 박살 낸 모든 문파를 합친 것보다 더 강력하다고 했다.

"어찌할 생각이냐?"

구양봉이 육포를 질겅거리면서 다가왔다.

"뭐를?"

"봉황문을 제외하고는 지금껏 대낮에 박살을 냈잖아. 장백파도 그럴 생각이냐고?"

"형님 생각은 어때? 어쨌으면 좋겠어?"

풍월의 물음에 구양봉이 입에 있던 육포를 거칠게 뱉어내곤 말했다.

"아무 때고 상관없다. 빨리만 가자."

장백파가 있는 방향으로 시선을 돌린 구양봉이 주먹을 꽉 움켜쥐었다.

구양봉이 음한지기로 인해 사경을 헤매고 있을 때 북해빙궁은 소림사를 공격할 것처럼, 정무련을 기만하고 개방의 총단을 쓸어버렸다.

당시 개방 총단 공격의 주력으로 후개를 쫓는 데 집중했던 북해빙궁의 제자들과는 달리, 총단에 남아 수많은 개방의 제자들을 도륙한 자들이 바로 장백파의 고수들. 생존자들을 통해 당시 상황을 전해 들은 구양봉이 장백파에 대한 원한은 북해빙궁에 대한 원한 못지않았다.

"대신 한 가지만 약속해라."

"문주?"

"그래, 장백파의 문주 동방호. 그 늙은 호랑이의 목은 반드시 내가 딴다."

구양봉의 눈에서 매서운 살기가 뿜어져 나왔다.

"벌써 세 번째야. 알았으니까 맘대로 하라고."

혀를 차며 손을 저은 풍월이 유연청을 붙잡고 온갖 잡소리를(?) 늘어놓고 있던 공각을 불렀다.

"땡중 형님."

공각이 단숨에 달려왔다.

"불렀어?"

입에서 술 냄새가 확 풍겼다.

이동하는 내내 틈만 나면 술을 마셨으니 그럴 만도 했다. 게다가 공각이 생명처럼 들고 다니는 술은 마시기 버거울 정도의 독주(毒酒)다. 그럼에도 불구하고 낯빛엔 붉은 기색조차 없었다.

"여태까지는 형님이 수장들을 상대했잖아요."

"그런데?"

"이번엔 조금 방법을 바꾸자고요."

"왜?"

몇 번의 싸움을 통해 각 문파의 수장들에게 달마동에서 완성시킨 소림사의 절예들을 마음껏 선보이며 때려눕히는 데 재미가 들린 공각이 대뜸 물었다.

"왜긴 이번엔 내가 한다."

"그러니까 왜… 아, 알았다. 잠시 잊고 있었네."

공각은 장백파의 만행과 그에 대한 구양봉의 원한을 몇 번이나 들었음에도 잊었다는 것이 미안했는지 자신의 머리를 술병으로 내려쳤다.

"그래서 깨지냐? 도와줘?"

"아미타불!"

구양봉이 술병을 향해 손을 내밀자 공각이 불호를 내뱉으며 한 걸음 물러났다.

"문주의 처소가 어느 쪽에 있다고 했죠?"

풍월이 모순에게 물었다.

"호광의 정보에 의하면 문주가 머무는 청송헌은 북문 가까이에 있다고 했습니다."

풍월이 구양봉에게 고개를 돌렸다.

"들었지, 북문? 우리가 시선을 확실하게 끌어줄 테니까 형님께선 알아서 움직이시고."

"알았다."

"괜히 감정만 앞세우다 실수하지 말고."

공각이 구양봉의 성질을 긁었다.

"내가 너냐? 감정? 지랄! 제 잘난 맛에 미쳐 날뛴 건 기억도 안 하고."

"아미타불!"

공각이 슬며시 몸을 돌렸다.

"그래서, 언제 공격한다는 거야?"

그런 공각에게 눈을 부라리던 구양봉이 풍월을 향해 약간은 짜증 섞인 음성으로 물었다.

"오늘 밤."

"오늘… 밤에?"

구양봉이 눈을 동그랗게 떴다.

"급하다며? 해가 뜨기 전에 승부를 보자고."

"흐흐흐! 아우야, 내가 이래서 너를 사랑한다."

활짝 웃은 구양봉이 풍월을 향해 팔을 벌리며 달려들었다.

"꺼져."

기겁한 풍월이 공각의 팔을 낚아채 구양봉의 품으로 밀어버렸다.

구양봉의 입에서 욕설이, 공각의 입에서 불호가 튀어나왔다.

제75장

장백파(長白派)

꽝!

강력한 충돌음과 함께 정문이 산산조각이 나며 흩어졌다.

백보신권으로 일격에 정문을 부순 공각이 뻥 뚫린 정문을 보며 만족해할 때 어디선가 날카로운 파공성이 들려왔다.

"위험해요."

풍월이 몸을 띄우며 소리쳤다.

굳이 경고는 필요치 않았다. 이미 자신을 향해 짓쳐오는 화살의 존재를 파악한 공각이 어깨에 걸치고 있던 가사를 풀어 휘돌렸다.

공각을 향했던 십여 발의 화살이 가사에 휘말려 힘없이 떨어졌지만 그중 한 발이 가사를 뚫고 공각을 위협했다.

공각이 재빨리 고개를 틀며 화살을 낚아챘다.

공각의 눈매가 살짝 가늘어졌다. 화살에 담긴 힘이 예사롭지 않았기 때문이다.

"타핫!"

단 한 번의 도약으로 담을 넘은 풍월이 묵뢰를 휘둘렀다.

묵뢰의 움직임에 따라 잘게 쪼개진 강기가 비처럼 내리꽂혔다.

재차 화살을 날리려던 사내들은 느닷없이 들이친 공격에 어찌할 바를 몰라 했다.

"피해랏!"

누군가의 경고와 동시에 사방에서 비명이 터져 나왔다.

풍월은 자신을 향해 날아오는 세 발의 화살을 보며 헛바람을 들이켰다. 천마우에 휩쓸리는 와중에도 자신을 향해 화살을 날린 적들이 있다는 것에 조금은 놀라고 있었다.

세 발의 화살 중 두 발의 주인은 천마우의 공격에 목숨을 잃었다.

하지만 한 사람, 동료들에게 경고를 했던 사내는 천마우의 공격을 피해냈다.

상체가 피투성이로 변한 것이 완벽하게 피한 것은 아닌 것 같았으나 어쨌거나 작심하고 시전한 천마우를, 그것도 고작 정문을 지키고 있던 자가 막아냈다는 것은 나름 충격이었다.

"으으으으!"

피투성이가 된 사내, 완안강이 주변을 돌아보며 이를 부득 갈았다.

수하이자 형제들이라 할 수 있는 동료들이 단 한 번의 공격으로 모조리 숨이 끊어졌다.

본능이 도망을 치라고 미친 듯이 경고했으나 그럴 수는 없었다.

초원의 용사는 죽음을 두려워하지 않는다. 더구나 형제들의 주검을 앞에 두고 물러나는 일은 결코 있을 수 없는 일.

완안강이 피 묻은 화살 세 개를 시위에 메겼다.

육중한 팔뚝의 심줄이 피부 위로 도드라지며 거칠게 꿈틀거리고 활시위가 끊어질듯 당겨졌다.

가쁜 숨이 순간적으로 멈췄을 때 세 발의 화살이 시위를 떠났다.

쐐애애액!

가공할 파공성과 함께 세 발의 화살이 풍월의 얼굴과 가슴, 단전을 노리며 짓쳐들었다.

삼살아(三殺牙).

완안강이 익힌 최고의 기술이었다.

활을 쥔 손이 터져 나가고 시위를 메겼던 손가락의 살점이 모조리 뜯겨져 나갔음을 느끼지도 못한 채 완안강의 시선은 자신이 쏘아 보낸 화살에 고정되어 있었다.

목숨을 빼앗을 수 있다는 생각은 접었다.

단 한 번의 공격에 이미 상대와는 격이 다르다는 것을 느끼고 있던 터. 그저 조금의 부상이라도 입힐 수 있다면 자신과 동료들의 명예를 지킬 수 있다고 생각했다. 그것만으로도 충분했다.

하지만 풍월이 묵뢰를 사선으로 내리그었을 때 완안강은 자신의 바람이 얼마나 부질없는 것인지 똑똑히 목격할 수 있었다.

혼신의 힘을 다해 날린 화살이 아무렇게나 휘두르는 칼에 잘려 나가는 것을 본 완안강은 허탈한 웃음을 내뱉고 말았다.

어이가 없었다.

무림이라는 곳에서 나이는 아무런 의미가 없다는 것을 일찍이 알고는 있었다. 하나, 지금껏 이십 초중반의 나이에 이 정도의 존재감을 지닌 인물은 본 적이 없었다.

천랑단의 차차기 후계자로 낙점받은 초원의 빛나는 별, 야율초가 희대의 천재라 평가받고 있었지만 이 정도까지는 아니었다.

픽!

어디선가 날아온 단검이 완안강의 가슴에 박혔다.

고통에 부릅뜬 눈에서 생명력이 사라지는 것은 순식간이었다.

'단주… 님, 위험……'

완안강이 낭왕 야율진의 안위를 걱정하며 천천히 무너져 내렸다.

"뭔가 좀 이상한데요."

완안강을 절명시킨 형웅이 그와 쓰러진 궁수들을 힐끗 살피며 말했다.

"뭐가?"

"장백파에 이런 궁수들이 있다는 말은 없었잖아요."

"그랬나?"

풍월은 그다지 대수롭지 않게 생각했다.

"이 정도면 보통 실력이 아니에요. 게다가 저들과는 복장도 다르고."

형웅이 공각에게 달려드는 자들을 가리키며 말했다.

형웅의 말대로 공각과 싸우는 자들은 대체적으로 백색, 혹은 황색 무복을 입고 있었지만 궁수들은 저마다 달랐는데 특징이 있다면 사냥꾼 복장과 몹시 흡사하다는 것이었다.

"좀 이상하긴 하다. 하지만 그런다고 달라질 건 없으니까 너무 걱정하지 마라."

형웅의 어깨를 툭 친 풍월이 공각을 향해 몸을 돌렸다.

풍월이 궁수들을 전멸시키는 사이 정문을 지키는 장백파의 무인들을 모조리 때려눕힌 공각을 향해 안쪽에서 달려온 장백파의 제자들이 맹렬히 달려들고 있었기 때문이다.

"아, 그래도 혹시 모르니까 큰형한테 가봐. 복수에 눈이 이렇게 되었으니까 노골적으로 돕지는 말고."

고개를 돌린 풍월이 손가락으로 눈을 뒤집는 시늉을 하며 손짓했다. 그 모양이 제법 우스웠는지 피식 웃음을 터뜨린 형웅이 고개를 끄덕였다.

"알겠습니다."

형웅을 구양봉에게 보내고 공각 곁으로 다가온 풍월. 그사이 안채에서 쏟아져 나온 적들이 주변을 완벽하게 포위했다.

"생각보다 많아."

공각이 적들을 둘러보며 말했다. 그렇다고 해도 조금도 걱정하거나 두려워하는 얼굴이 아니었다. 오히려 마음껏 날뛸 수 있다는 생각 때문인지 독주로도 변하지 않았던 낯빛이 살짝 상기되어 있었다.

"확실히 그렇네요. 아무래도 우리에게 전달된 정보 중 누락된 것이 있는 모양입니다."

모순이 있었다면 정확히 알 수 있었겠지만 무공이 상대적으로 약한 모순은 싸움에 빠져 있는 상태였다.

'형응의 말 그대로네. 뭔가 이상하단 말이지.'

궁수들도 그랬고 우루르 몰려온 적 중에서 장백파와는 분명히 이질적인 자들이 있었다.

무복 위에 호피(虎皮)를 덧댄 옷을 입은 사내들의 수는 대략 삼십 명 정도였는데 그들의 전신에서 뿜어져 나오는 흉험한 살기가 장난이 아니었다.

풍월의 미간이 살짝 찌푸려졌다.

자신을 향해 쏟아지는 살기가 이상하게 기분이 나빴다. 마치 몸에 벌레가 기어 다니는 듯한 느낌이었다. 게다가 피비린내 나는 적의와 살기는 자신에게 쏟아내면서 정작 끈적한 시선은 어느새 곁으로 다가온 유연청에게 향해 있었다.

그들의 시선이 꽤나 불편했는지 유연청의 고운 아미가 잔뜩 찌푸려졌다.

"저 새끼들이 미쳤나!"

황천룡이 검을 치켜세우며 흥분할 때 풍월은 곧바로 행동에 나섰다.

"장백파는 아닌 것 같고 네놈들은 뭐냐?"

풍월이 호피 사내들을 보고 물었다.

정작 그들은 풍월에겐 신경도 쓰지 않았다. 그들의 음탕한 시선은 여전히 유연청에게 집중되어 있었다.

"흐흐흐! 중원의 계집이라 그런지 살결이 고와."

"야들야들한 것이 날로 먹어도 비리지 않겠어."

호피 사내들은 음탕한 말을 주고받으며 유연청을 희롱했다.
그중 한 사내가 풍월을 가리키며 말했다.

"방식은 하던 대로. 저놈의 목을 친 놈이 가장 먼저 저 계
집을 갖……"

사내는 말을 잇지 못했다. 당연했다. 극한의 뇌운보로 칠장
여의 거리를 단숨에 줄여 버린 풍월이 사내의 몸뚱이를 양단
해 버렸기 때문이다.

적들은 반으로 갈라진 사내의 몸에서 피 분수가 솟구친 뒤
에야 비로소 풍월의 공격을 인지했다.

하지만 그것으로 끝이 아니었다. 그렇잖아도 적들에게서 느
껴지는 찐득한 혈향과 살기에 기분이 좋지 않았던 풍월에게
유연청에 대한 음탕한 눈길과 음담패설은 일종의 도화선과
같은 것이었다.

묵뢰와 묵운을 들고 적진 한복판으로 뛰어든 풍월은 작심
하고 손을 썼다.

풍월의 기분이 담긴 것인지 묵운과 묵뢰의 움직임이 평소
와는 조금 달랐다. 또한 분명 같은 무공, 같은 초식을 사용하
고 있음에도 훨씬 더 날카롭고 짙은 살기가 담겨져 있었다.

묵운이 번뜩일 때마다 몸뚱이와 분리된 머리가 허공으로

치솟았다.

막강한 힘으로 주변을 휩쓰는 묵뢰에게선 은은한 뇌성이 울려 퍼졌다.

풍월은 말 그대로 성난 대호가 미쳐 날뛰듯 적들을 유린했다.

당황한 적들이 어떻게든 공격을 막고 반격을 해보려고 하였으나 소용없었다.

그 누구도 풍월의 움직임을 따라잡지 못했고 부딪치는 무기는 흔적도 없이 사라졌으며 그가 휘두른 일검, 일도를 감당해 내지 못했다.

"병신들! 건드릴 사람이 없어서 하필이면 저놈을 건드려서는."

황천룡이 숨 쉴 틈도 없이 몰아치는 풍월을 보며 오히려 적들을 동정했다.

"끄아악!"

마지막 단말마와 함께 폭풍과도 같았던 풍월의 움직임이 멈췄다.

앞장서서 헛소리를 내뱉던 자를 시작으로 마지막 단말마를 내뱉으며 숨통이 끊어진 자까지 무려 삼십 명. 그들을 몰살시키는 데 걸린 시간은 촌각에 불과했다. 게다가 사방 십여 장을 완벽하게 피로 물들였음에도 정작 그의 몸에는 피가 거의 묻어 있지 않았다.

"저놈과 한편인 것이 얼마나 다행인지 모른다."

황천룡이 눈 깜짝할 사이에 적들을 몰살시키고 호흡을 가다듬고 있는 풍월을 가리키며 말을 잇지 못했다.

끊임없는 대련을 통해 풍월의 실력을 조금은 엿보았다고 생각했는데 정말 엄청난 착각이었다. 자신이 알고 있는 것은 풍월의 진짜 실력에 몇 분지 일도 채 되지 않는 것이었다.

"아미타불!"

잠시 싸움을 멈추고 풍월을 지켜보던 공각의 입에서 지금과는 분위기가 다른 불호가 튀어 나왔다.

봉황문을 시작으로 몇 개의 문파를 무너뜨리는 과정에서 풍월의 실력이 자신을 훨씬 능가하고 있음을 직감했고 충분히 인정을 하고 있었다.

한데 다시금 피가 끓었다. 쓸데없는 호승심이 전신을 지배하기 시작하고 주체할 수 없는 투기가 끓어올랐다.

"내가 아니면 누가 지옥에 가겠는가! 내 오늘 다시금 살계를 열리라!"

장백파가 떠나가라 외친 공각이 손에 들고 있던 가사를 맹렬히 휘두르며 적들에게 달려갔다.

공각의 손에 들린 가사는 마치 채찍처럼 자유자재로 움직이며 적들을 공격했다.

옷가지에 불과하였지만 파괴력만큼은 그 어떤 무기보다 훌륭했다.

끊어 치는 듯한 가사에 사지를 맞으면 그대로 뼈가 부러져 나갔다. 몸에 맞으면 망치로 두들겨 맞은 듯한 충격을 안겼다. 스치기만 해도 피부가 쩍쩍 갈라졌다.

"신났군, 신났어."

황천룡은 풍월만큼이나 미쳐 날뛰는 공각을 보며 장백파의 명성과는 다르게 적들의 실력이 너무 떨어지는 것은 아닌가 의아해했다.

하나, 그건 기우였다.

지금껏 무너뜨린 적들 중에서 가장 뛰어났던 것은 봉황문의 제자들이었다. 중원의 어느 문파의 제자들과 비교해 봐도 크게 밀리지 않을 정도로 개개인의 실력이 뛰어났다. 그런데 장백파 제자들은 그 이상이었다. 비록 처음 공각의 공격에 당황하며 제법 만만치 않은 피해를 당했으나, 이내 전력을 수습하고 반격을 꾀하는 그들의 기세는 잘 벼린 칼날처럼 날카로웠다.

손에 들린 가사가 걸레 조각으로 변해 버리자 공각이 가사를 버리고 칼을 꺼내 들었다.

칼을 든 공각은 이전과 전혀 달랐다.

"아미타불!"

불호를 외며 뛰어가는 그의 기세는 가히 만마를 굴복시킨 다는 금강야차(金剛夜叉) 같았다.

공각은 금강야차의 손에 들린 금강저 대신 날도 서 있지 않 고 뭉뚝한 칼을 휘둘렀다.

쾅!

공각의 칼에 부딪친 상대방의 무기가 박살이 났다.

옆구리에 일격을 허용한 적이 처절한 비명과 함께 고꾸라졌 다. 살이 갈라지진 않았으나 사내의 갈비뼈가 모조리 부러졌 고 오장육부마저 파열되었다.

베는 게 아니라 걸리는 것은 무엇이든 부숴 버린다는 느낌 이었다. 오죽했으면 처음 그 칼을 본 황천룡은 칼이 아니라 쇠 방망이라고 놀릴 정도였을까.

하지만 그건 큰 착각이다.

공각 정도의 고수에게 날이 있고 없고는 큰 의미가 없었다. 마음먹기에 따라서 그 어떤 칼보다 날카로운 칼로 변할 수 있 는 것이다.

"아미타불!"

마음껏 칼을 휘두르던 공각의 입에서 여섯 번째 불호가 흘 러나왔다.

"닥쳐랏!"

"미친 새끼!"

"반드시 아가리를 찢어 죽여주마!"

적들에게서 온갖 욕설이 터져 나왔다.

적을 한 명 쓰러뜨릴 때마다 흘러나오는 공각의 불호는 그렇게 상대의 분노를 극한까지 끌어 올렸다.

풍월과 공각 등이 정문을 공략하기 직전 은밀히 북문을 넘은 구양봉은 곧바로 문주의 처소인 청송헌으로 향했다.

청송헌을 마주하고 있는 조그만 건물의 지붕에 몸을 숨겼을 때 멀리서 큰 충돌음이 들려왔다.

'시작됐군.'

풍월과 공각의 공격이 시작됐음을 느낀 구양봉이 더욱 납작 몸을 엎드렸다.

어둠에 잠겼던 장백파가 깨어나고 주변이 환하게 밝혀졌다. 동시에 건물 곳곳에서 무인들이 쏟아져 나왔다. 마치 지금과 같은 상황을 예측이라도 한 듯 대응 속도가 상당히 빨랐다.

'우리를 기다리고 있었던 건가? 하긴 정찰하던 자들에게서 연락이 끊겼으면 당연히 의심을 했겠지.'

구양봉은 장백파로 접근하기 전에 제거했던 천목의 요원들을 떠올렸다.

호위로 여겨지는 자들 십여 명이 청송헌의 주변을 에워쌌다. 잠시 후, 문이 활짝 열리며 문주 동방호가 모습을 드러냈다.

숨이 가빠지고 가슴이 뛰기 시작했다.

적당한 긴장감은 도움이 되지만, 과도한 흥분은 전혀 도움이 되지 않는다는 생각에 구양봉은 심호흡을 하며 마음을 차분히 다스렸다.

"사부님!"

때마침 청송헌으로 달려온 금회가 고개를 숙였다.

"놈들이냐?"

동방호가 호전적인 표정으로 물었다.

"아직 확인하지 못했습니다."

"가자."

동방호가 정문을 향해 이동하자 금회와 호위들이 재빨리 따라붙었다.

동방호가 자신이 숨어 있는 건물의 옆을 지나가자 기회를 엿보고 있던 구양봉이 즉시 몸을 날렸다.

"조심해라. 적이다!"

구양봉이 지붕을 박차기도 전에 그의 존재를 눈치챈 동방호가 제자들에게 경고했다.

문주를 호위하기 위해 특별히 뽑은 제자들답게 반응이 빨랐다. 구양봉이 바닥에 내려서기도 전에 사방에서 칼이 날아들었다.

칼을 피해 바닥에 납작 엎드린 구양봉이 그 자세에서 바닥을 쓸 듯 발을 휘둘렀다.

빠각!

듣기 거북한 소리와 함께 구양봉의 발에 채인 사내 둘의 입에서 비명이 터져 나왔다.

구양봉은 양손으로 몸을 지지한 채 풍차처럼 발을 휘둘러 짓쳐드는 칼을 튕겨내고 그 회전력을 이용하여 몸을 바로 세웠다.

금회의 칼이 구양봉의 허리를 노리며 날아들었다.

구양봉이 왼발을 축으로 몸을 빙글 돌리며 피하자 허리를 노렸던 칼의 방향이 급격하게 변하며 그의 허벅지를 베어왔다.

상대의 빠른 움직임에 놀란 구양봉이 재빨리 상체를 뒤로 누이며 오른발로 금회의 손목을 차올렸다.

금회가 발길질을 피해 팔을 틀자 왼손으로 바닥을 짚고 튕기듯 일어난 구양봉이 금회를 향해 주먹을 내질렀다.

금회가 칼을 몸 쪽으로 끌어당겨 공격을 막으려 했으나 구양봉의 주먹은 거침이 없었다.

꽝!

강렬한 충돌음과 함께 허공으로 붕 뜬 금회의 신형이 볼썽사납게 날아가 처박혔다. 그가 들고 있던 칼은 이미 반 토막이 난 채 땅바닥을 굴렀다.

"음."

동방호의 입에서 침음이 흘러나왔다.

설마하니 금회가 삼초도 버티지 못하고 나가떨어질 줄은 상상도 하지 못했다는 표정이다.

동방호가 굳은 표정으로 자신 앞에 선 구양봉을 바라보았다. 상당히 격렬한 움직임을 보여주었음에도 호흡이 조금도 흐트러지지 않았다.

"네가 풍월이냐?"

동방호의 물음에 구양봉이 피식 웃었다.

"난 고작 세 명을 해치우는 데 그쳤지만 녀석이 왔으면 단한 놈도 살아 있지 못했을 거다, 늙은이."

"하면 너는 누구냐?"

"구양봉."

"개방의 후개?"

"늙은이의 숨통을 끊어줄 사람이기도 하지."

말이 끝남과 동시에 구양봉의 신형이 동방호를 향해 돌진했다.

급작스러운 공격에 호위 중 단 한 명만이 반응했다.

금회의 제자이기도 했던 사내가 이를 악물고 구양봉의 앞을 막아섰지만 미처 제대로 칼을 휘둘러보지도 못하고 가슴

뼈가 박살이 나며 금회 곁에 나란히 처박혔다.

"건방진 놈!"

연이어 쓰러지는 제자들의 모습에 분기탱천한 동방호의 칼이 맹렬한 기세로 날아들었다.

칼 끝에서 치솟은 눈부신 청광이 폭풍처럼 휘몰아쳤다.

이 장 높이로 치솟은 도강은 그야말로 태산이라도 무너뜨릴 것 같은 압도적인 기세로 주변을 휩쓸었다.

지금의 장백파를 만든 사류연환십이도(四流連環十二刀)의 파산풍운(破山風雲)이 펼쳐진 것이다.

초조한 얼굴로 싸움을 지켜보던 제자들은 동방호가 시작부터 사류연환십이도의 절초를 펼치자 환호성을 내질렀다.

그들이 아는 한 사류연환십이도는 천하제일의 도법이다.

장백파 역사에서도 단 세 명만이 십이성 대성을 이뤘을 정도로 익히기가 까다롭고 어려운 무공인데, 사조 동방호가 그중 한 명이었다.

"대단하네."

구양봉의 입에서 순수한 감탄이 터져 나왔다.

북해무림 최고의 도객이란 명성이 결코 헛소문이 아니라는 것을 제대로 확인할 수 있었다.

'과거의 나라면 숨도 제대로 쉬지 못했을 터.'

하지만 지금은 아니다. 몸에 침투한 음한지기를 극복하는 과정에서 과거와는 비교조차 할 수 없는 내력을 얻었으며, 죽음과 마주하며 많은 깨달음을 얻었다. 게다가 천하제일인, 아니, 훗날 고금제일인의 영광스러운 자리를 차지할 것이라 믿어 의심치 않는 풍월을 곁에 두고 있었다.

구양봉이 몸을 급격히 회전시키며 피할 수 있는 모든 방위를 차단하며 짓쳐드는 도강을 향해 주먹을 내질렀다.

"미친! 그냥 뒈지겠다는 말이네."

"돌았군!"

구양봉의 행동을 주시하던 장백파 제자들의 입에서 욕설과 함께 온갖 비웃음이 흘러나왔다.

당연했다.

맨 주먹으로 도강에 도전하는 구양봉의 모습은 누가 봐도 자살행위처럼 보였기 때문이다.

동방호가 펼쳐낸 도강에 정면으로 맞서는 구양봉의 주먹에서 광채가 빛난다고 여기는 순간 두 기운이 정면으로 부딪쳤다.

꽈꽝!

강렬한 충돌음과 함께 눈을 제대로 뜨지 못할 정도로 강렬한 후폭풍이 사방에 휘몰아쳤다.

후폭풍을 뚫고 누군가의 입에서 나직한 신음이 흘러나왔다.

그 신음의 주인이 다름 아닌 동방호라는 것을 확인한 장백파의 제자들은 누구라고 할 것도 없이 모두가 경악을 금치 못했다.

동방호가 어처구니없다는 표정으로 구양봉을 바라보았다.

딱히 부상을 당한 흔적은 없었다. 그저 자신의 공격이 너무도 허무하게 막힌 것에 당황하여 신음이 터져 나왔을 뿐이다.

맞은편, 당당히 어깨를 펴고 선 구양봉이 주먹을 불끈 쥐며 소리쳤다.

"대단한 도법이다, 늙은이! 하지만 고금제일의 도법에 매일같이 두들겨 맞아본 사람이 바로 나란 말이지."

형응이 구양봉을 돕기 위해 청송헌으로 이동하고 있다.

그의 움직임은 안개와 같았다.

빠르게 움직이면서도 일체의 흔적도, 소리도 남기지 않았다. 바로 곁을 지나가는데도 눈치를 채는 자들이 아무도 없었다.

형응의 움직임이 잠시 멈추고 그가 정면을 응시했다. 이미 난리가 난 정문 쪽에 이어 북쪽에서도 충돌이 시작된 것 같았다.

형응이 속도를 높이려던 찰나, 날카로운 파공성과 함께 뭔가가 엄청난 속도로 날아들었다.

그것이 코앞까지 이르렀을 때야 비로소 화살이란 것을 눈치 챌 수 있었다.

감짝 놀란 형웅이 필사적으로 몸을 틀었다.

어깨에서 날카로운 고통이 느껴졌다. 단순히 스친 것만으로도 살점이 떨어져 나갔다.

"어린놈이 몸놀림이 제법이군. 노부가 상대를 해주고 싶지만……"

청송헌을 향해 잠시 시선을 둔 야율진이 뒤따르는 사내 둘에게 명했다.

"처리하여라."

"존명!"

명을 받은 두 사내가 형웅을 향해 득달같이 달려들었다.

야율진은 어깨를 타고 흐르는 피를 찍어 입에 대는 형웅을 힐끗 살피곤 미련 없이 몸을 돌렸다.

'형님……'

형웅이 걱정스럽단 눈빛으로 야율진의 등을, 그가 향하는 북쪽을 응시했다.

야율진이 뿜어내는 기세는 엄청났다. 일전에 상대했던 봉황문의 문주보다 최소한 한 수 위의 고수로 느껴졌다.

최근 들어 구양봉의 실력이 상당히 늘었다는 것은 알고 있으나 장백파 문주와 야율진의 합공을 감당할 수 있을지는 확신을 할 수가 없었다.

최대한 빨리 구양봉을 돕기 위해 움직여야 했다.

자신을 향해 달려오는 적들을 바라보는 형웅의 눈빛이 섬 뜩하게 변했다.

"큭!"

구양봉의 일격을 허용한 동방호의 입에서 신음이 터져 나 왔다.

상당한 충격을 받았음에도 동방호는 당황하지 않고 재빨리 몸의 중심을 잡으며 연이은 공격에 대비했다.

그의 예상대로 구양봉의 공격이 폭발적으로 이어졌다.

온 세상이 구양봉이 내지른 권장으로 뒤덮인 것 같았다.

강룡십팔장의 절초 중 하나인 황룡풍우(黃龍風雨)다.

어차피 정면으로 뚫지 않고는 피할 방법이 없다고 여긴 동 방호가 이를 악물고 칼을 휘둘렀다.

사류연환십이도 중 가장 강맹한 힘을 담고 있는 암천비뢰(暗 天飛雷)다.

구양봉의 몸 곳곳에서 핏줄기가 솟구쳤다.

동방호의 공격은 분명 효과가 있었다. 하지만 구양봉은 그 정도 부상에 눈 하나 깜짝하지 않았다.

황룡풍우에 이어 천룡여의(天龍如意), 육룡어천(六龍御天)의 절초가 이어지며 더욱 거칠게 몰아붙였다.

결국 숨 쉴 틈도 없이 몰아치는 공격을 감당하지 못한 동방호가 다시금 치명적인 일격을 허용하게 되었다.

옆구리를 통해 전해지는 고통에 동방호의 입이 쩍 벌어졌다.

고통스러운 신음과 함께 선홍빛 피를 뿜어낸 동방호가 연신 뒷걸음질 칠 때 구양봉의 왼발이 물러나는 동방호의 허벅지를 찍어 눌렀다.

"크헉!"

외마디 비명과 함께 동방호가 그대로 주저앉았다.

동방호의 움직임을 따라 몸을 띄운 구양봉이 몸을 회전시키며 발길질을 했다.

동방호는 구양봉의 발길질이 얼굴을 향해 날아드는 것을 보면서도 아무런 행동도 하지 못했다.

발길이 도착하기 전인데도 엄청난 풍압이 느껴졌다.

최후를 직감한 동방호가 두 눈을 질끈 감았다.

구양봉은 모든 것을 포기한 채 눈을 감아버린 동방호를 보며 짜릿한 쾌감을 느꼈다.

개방의 총단을 공격하여 마음껏 유린한 장백파. 그런 장백파 수장의 숨통을 끊어 동도들의 복수를 하는 순간이다.

하지만 결정적인 순간, 구양봉은 물론이고 동방호마저 예상치 못한 방해꾼이 있었다.

어둠을 뚫고 날아든 화살이 동방호의 귀밑을 스치며 구양
봉을 노렸다.

'젠장!'

구양봉이 동방호에게 향하던 발의 방향을 바꿔 화살을 쳐
냈다.

무리를 한다면 동방호의 목숨을 빼앗을 수 있을 것 같았지
만, 그러기엔 화살에 담긴 힘이 예사롭지 않았다.

연이어 날아든 화살을 피하다 보니 구양봉의 신형은 어느
새 동방호에게서 한참이나 물러나 있었다.

한꺼번에 날아든 다섯 발의 화살을 막았을 때 비로소 적의
모습을 볼 수 있었다.

"쯧쯧, 꼴이 이게 뭔가?"

야율진이 혀를 차며 동방호의 곁으로 다가왔다.

"……"

"괜찮나?"

야율진이 구양봉에게 시선을 고정시킨 채 물었다.

"괜… 찮네."

동방호가 허탈한 표정을 지으며 천천히 몸을 일으켰다.

"후! 못난 꼴을 보였군."

"알면 됐네."

편잔을 준 야율진이 구양봉을 향해 천천히 시위를 당기며
말했다.

"이제 노부와 어울려 보자꾸나."

"지랄! 난데없이 끼어들어선. 퉤!"

신경질적으로 침을 뱉은 구양봉이 허리춤에 매달고 있던
타구봉을 손에 쥐었다.

타구봉을 본 야율진의 얼굴에 의혹이 일었다.

"네놈, 풍월이……."

"만나는 늙은이마다 웬 헛소리들이야."

구양봉이 타구봉을 빙글빙글 돌리며 말했다.

"나는 풍월이 아니라 개방의 후개 구양봉이다."

장백파 정문에서 이어진 대연무장.

야율진이 이끌고 온 천랑단의 고수들을 눈 깜짝할 사이에
몰살시킨 풍월을 상대하기 위해 장백파의 장로들이 나섰다.

장로 철항을 필두로 일곱 명의 장로가 풍월을 에워쌌다.

단순히 원진이 아니다.

풍월은 장로들이 기묘한 진형을 유지하며 자신을 포위하고
있음을 눈치챘다.

차분히 숨을 내쉰 풍월이 묵뢰를 휘둘렀다.

상대의 실력을 탐색하고자 하는 가벼운 움직임이었으나 그

위력은 상상 이상이다.

기세 좋게 뻗어나가던 풍월의 공격이 너무도 쉽사리 튕겨져 나왔다.

칠성비도연환진(七星飛刀連環陣).

장백파가 자랑하는 합격진이 본격적으로 발동하기 시작한 것이다.

칠성비도연환진은 뛰어난 오성과 자질을 지닌 제자들 중에서도 다시 선별하여 가르칠 만큼 익히기가 까다롭고 복잡한 합격진이다.

그런 만큼 제대로 익혀냈을 때 천지를 개벽시킬 정도의 막강한 위력을 자랑했다. 혹자는 소림사의 나한진, 무당파의 양의합벽검진과 비교를 할 정도였다.

풍월이 재차 묵뢰를 움직였다.

자신의 공격을 무력화시킨 칠성비도연환진의 기세가 날카롭게 파고들었기 때문이다.

꽈꽈꽝!

칠성비도연환진의 기세가 풍뢰도법의 절초 풍뢰번천과 부딪치며 굉음과 함께 거대한 충격파를 만들었다.

격렬한 충돌임에도 불구하고 합격진은 조금의 흔들림도 없었다.

풍월 역시 마찬가지로 여유로운 모습이다.

칠성비도연환진의 가장 외곽에 자리하고 있으나 합격진의 운용을 책임지고 있는 장로 철항이 굳은 표정으로 풍월을 바라보았다.

'대단한 놈. 소문이 다소 과장되었다고 여겼건만 오히려 축소된 것이었구나.'

철항은 풍월의 무위에 진심으로 감탄을 했다.

듣고 보는 것과는 달리 직접 상대를 하게 되자 풍월의 실력을 제대로 확인할 수 있었다.

자신을 포함하여 지금 합격진을 펼치고 있는 장로들은 삼십여 년이 훌쩍 넘는 세월 동안 함께 합격진을 익혔다. 물론 나이가 들고 장로라는 직함에 이르러선 자연적으로 합격진에 소홀함이 있었으나 평생을 익혀온 그 실력이 사라지는 것은 아니다.

더구나 풍월 일행이 장백파를 노리고 있다는 것을 알게 된 순간부터 다시금 손발을 맞췄고, 이내 전성기 때 합격진의 위력을 되찾을 수 있었다.

일곱 장로가 펼치는 칠성비도연환진이 어떤 위력을 지녔는지 누구보다 자신이 잘 안다.

젊은 시절, 북해빙궁을 따라 중원무림에 원정을 나섰을 때 칠성비도연환진으로 쓰러뜨린 고수들의 숫자는 헤아릴 수도 없었다.

개개인의 무공이 완숙의 경지에 이른 지금, 당시의 칠성비도연환진과 지금의 칠성비도연환진을 비교해 보면 하늘과 땅만큼이나 큰 차이가 있을 터였다.

하지만 말도 안 되는 일이 벌어졌다.

미숙했음에도 뭇 고수들을 압살했던 칠성비도연환진이 풍월 한 사람을 어쩌지 못한 것이다. 세월이 흘러 이제는 완벽해졌음에도.

더욱 놀라운 것은 단순히 피하는 데 급급한 것이 아니라 일곱 명의 힘이 하나가 된 합격진의 기세에 정면으로 부딪쳐 그 힘을 오롯이 홀로 감당해 냈다는 것이다.

합격진을 펼치고 있는 다른 장로들 역시 철항만큼이나 놀라고 있었다. 서로에게 보내는 시선에서 당황하는 기색이 역력했다.

"암도진창(暗渡陳倉)!"

철항의 외침에 칠성비도연환진이 본격적으로 펼쳐졌다.

비스듬히 늘어선 세 명의 장로가 동시에 칼을 움직였다.

그들이 사용하는 무공은 장백파의 독문도법인 사류연환십이도다.

하지만 저마다 펼치는 초식이 달랐다.

가장 먼저 파산풍운이란 초식이 날아들었다.

미세한 차이를 두고 추야세우(秋夜細雨)와 암천비뢰가 따라

붙었다.

강맹하고 현란하며 빠른, 저마다의 특징이 담긴 공격이 풍월을 노리고 밀려들었다.

풍월이 묵뢰를 움직였다. 그는 상대의 공격을 피할 생각이 없었다.

합격진의 특징상 한번 기세를 잃고 밀리기 시작하면 끊임없이 이어지는 연환 공격에 아무것도 해보지 못하고 당하고 만다.

'정면으로 부숴 버린다.'

풍월이 천마탄강을 극성으로 펼쳐 몸을 보호했다.

조금 전부터 내리던 빗줄기가 그의 몸에 닿지 못하고 튕겨져 나갔다.

단전에선 시작된 천마대공의 힘이 기경팔맥은 물론이고 전신의 세맥에까지 힘을 불어넣었다.

우우우우웅!

웅장한 도명과 함께 묵뢰가 은은히 떨렸다.

풍월이 뇌운보의 보로를 따라 부드럽게 몸을 움직이며 묵뢰를 휘둘렀다.

순간적으로 뻗어나간 묵빛 기운이 가장 앞서 짓쳐드는 공격을 사선으로 베었다.

꽈꽈꽝!

거대한 폭발음과 함께 무시무시한 충격파가 주변을 휩쓸었다.

맞은편에서 공각을 포위하고 있던 자들마저 놀라 고개를 돌릴 정도였다.

"음."

철항의 입에서 묵직한 신음이 흘러나왔다.

실로 어마어마한 도강이다.

조금 전, 탐색차 부딪쳤을 때와는 실력 자체가 달랐다.

천상천하유아독존(天上天下唯我獨尊), 오만하기 짝이 없는 북해빙궁이 어째서 그렇게 귀찮을 정도로 전서구를 보내 위험을 경고했는지 뼈저리게 느껴졌다.

기세를 잡았다고 판단한 풍월이 재차 묵뢰를 움직였다.

묵뢰가 천마무적도 제사초식 천마염을 토해내려는 찰나, 좌우로 이동했던 네 명의 장로들이 동시에 공격을 해왔다.

앞선 세 사람은 풍월의 움직임을 이끌어내기 위한 미끼.

진짜 공격은 좌우로 갈라진 네 장로의 칼끝에서 터져 나왔다.

날카롭고 강력하게 파고드는 공격에 온몸의 솜털이 곤두서고 전신에 소름이 돋았다.

풍월은 이번에도 피하지 않았다. 아니, 애당초 피할 방법도 없었다.

적의 모든 시도를 단숨에 부숴 버리겠다는 듯 풍월이 맹렬히 묵뢰를 휘둘렀다.

천마무적도 제이초식 천마우.

무시무시한 강기가 폭풍처럼 휘몰아쳤다.

꽝! 꽝! 꽝!

연이은 폭음과 함께 놀랍게도 풍월이 뿜어낸 강기가 맥없이 튕겨졌다.

그 충격으로 인해 풍월의 신형이 한참이나 뒤로 밀렸다.

코와 입에서 가느다란 선혈이 흘러내렸다.

옆구리에도 상흔이 보였다.

풍월은 어이가 없다는 표정으로 피를 훔쳤다.

공격이 실패한 것은 그럴 수 있다고 생각했다. 그만큼 상대의 기세도 만만치 않았다. 다만 이렇듯 완벽하게 당한 것은 이해할 수가 없었다.

흡기를 이용해 축적한 사마혼의 진기를 무리하지 않는 선에서 최대한 소화하는 데 성공했고, 구양봉을 치료하는 과정에서 상당한 내력을 얻은 지금 천마무적도의 위력은 단언컨대 천하제일이라 할 수 있었다. 한데 막힌 것이다.

'격체전공인가?'

그뿐이라 생각했다.

개개인의 힘은 자신에 비할 바가 아니다. 결국 격체전공을 이용해 모두의 힘을 하나로 모았다고 판단할 수밖에 없었다.

조금 전의 상황을 빠르게 반추(反芻: 되풀이하여 음미하고 생각하다)했다.

'그러고 보니⋯⋯.'

공격은 좌우에서 밀려들었지만 정작 치명적인 위력을 담고 있는 것은 왼쪽에서 들이친 공격이었다.

오른쪽에서 밀려든 공격은 천마탄강의 힘에 제대로 접근도 하지 못하고 소멸되었다.

따지고 보면 그 또한 미끼다.

천마탄강을 뚫어내고 자신에게 부상을 안긴 것은 분명히 왼쪽에서 파고든 공격이다.

기세를 잡았다고 판단한 철항이 재빨리 소리쳤다.

"진화타겁(趁火打劫)!"

불이 난 틈에 때려잡는다.

말 그대로 기만술로 승기를 잡았으니 그 기회를 놓치지 않고 재빨리 공격을 한다는 의미였다.

철항의 외침에 장로들의 움직임이 한층 더 기민해졌다.

쐐기형으로 모여 돌격하던 그들이 어느 순간 흩어지며 일시에 칼을 휘둘렀다.

일곱 자루의 칼이 풍월을 노리며 짓쳐들었다.

칼이 도착하기도 전에 서슬 퍼런 강기가 풍월을 압박했다.

풍월은 즉시 뇌운보를 펼치며 묵뢰를 휘둘렀다.

한줄기 강기가 그의 옆구리를 살짝 스치며 지나갔다.

또다시 천마탄강을 뚫어낸 강기에 인상을 찌푸린 풍월이 자세를 바로 하기도 전, 이미 그의 행동을 예측한 공격이 짓쳐들었다.

풍월의 어깨가 노출되었으나 천마탄강의 반탄력이 위력을 발휘한 것인지 이번에는 별다른 부상을 당하지 않았다. 오히려 공격을 했던 장로들이 반탄강기에 크게 당황하는 모습이었다.

그래도 어깨가 욱신거리는 것이 충격을 완전히 상쇄하지는 못한 것 같았다.

"혼수탁어(混水濁魚)!"

철항이 다시금 외치자 사방에서 파상공세가 쏟아졌다.

어딘지 모르게 조심스러웠던 지금까지의 공격과는 전혀 달랐다.

마치 동네 무뢰배들이 몰이에 성공한 사냥감을 후려 패듯 마구잡이로 칼을 휘둘러댔다.

풍월은 사방에서 밀려드는 칼을 향해 침착히 묵뢰를 움직였다.

천마무적도 제일초식 천마풍이 그를 압박하던 공격을

완벽하게 무력화시키던 찰나, 한줄기 기운이 묵뢰를 후려 쳤다.

꽝!

예상치 못한 상황에 풍월의 몸이 휘청거렸다. 그 틈을 노린 공격이 재차 밀려들었다.

뇌운보를 극성으로 펼쳐 적의 공격을 겨우 피해낸 풍월이 헛바람을 내뱉으며 다급히 묵뢰를 휘둘렀다.

마치 그가 그곳으로 이동을 할 줄 알았다는 듯 세 자루 의 칼이 각기 목과 심장, 단전을 노리며 짓쳐들었기 때문이 다.

세 자루의 칼은 간단히 막았지만, 정작 위험했던 것은 후미 에서 들이친 공격이었다.

본능적으로 묵뢰를 움직여 공격을 막아냈다.

꽝!

강력한 충돌음과 함께 풍월은 정확히 일곱 걸음을 물러난 뒤에야 자세를 바로 할 수 있었다.

거칠게 숨을 몰아쉬는 풍월. 가만히 적들을 노려보는 그의 코와 입에서 다시금 핏줄기가 흘렀다.

풍월이 코와 입에 고인 피를 뱉어내고 감탄성을 내뱉었 다.

"후아! 매섭네."

전력을 다해 몰아쳤음에도 풍월의 표정과 행동에서 예상만큼 큰 타격을 받지 않았음을 간파한 장로들의 표정이 딱딱하게 굳어졌다.

절반 이상의 장로가 코와 입에서 피를 흘리고 있었고 나머지 사람들도 안색이 과히 좋지 않았다.

"뭐라고 부릅니까, 이 합격진?"

풍월이 철항을 향해 물었다.

철항은 다른 사람도 아니고 자신을 꼭 집어 질문을 하는 풍월을 보곤 간담이 서늘해졌다. 그런 철항을 보며 풍월이 가볍게 웃음을 터뜨렸다.

"놀라기는. 그렇게 목청이 터져라 외쳐대는데 영감이 합격진을 운용한다는 것을 눈치를 못 채면 그게 바보 아뇨?"

"시간을 끌어 내상을 다스리려는 속셈이냐?"

철항이 비웃으며 물었다. 하나, 내심은 그렇지 않았다.

풍월에게 내상을 다스리기 위해 시간을 끈다고 비난했지만 오히려 들끓는 내력을 안정시키기 위해 필사적인 사람은 바로 그들이었다.

칠성비도연환진은 그 위력만큼이나 상당한 내력을 소모한다.

단순한 합격진을 펼칠 때는 큰 문제가 없으나 풍월처럼 단순한 합격진으론 감당이 되지 않는 강력한 적을 상대할 때 격체전공을 이용해 한 사람에게 내력을 몰아주는 것을 반복하다 보면 순식간에 내력이 바닥난다.

특히 격체전공으로 내력을 증진시킨 동료의 공격을 성공시키기 위해 적의 시선을 분산시키고 미끼 역할까지 할 때는 더욱 그랬다.

몇 번에 걸쳐 풍월에게 타격을 주기는 했으나 그 과정에서 미끼 역할을 했던 이들 또한 상당한 타격을 받았다. 특히 천마탄강이란 가공할 호신강기로 인해 그들이 받은 타격은 예상치를 훨씬 웃도는 것이었다.

"피를 보긴 했어도 그런 꼼수를 부릴 정도로 심각하진 않소. 그저 궁금해서 물어본 것일 뿐."

가만히 풍월을 노려보던 철항이 대답했다.

"칠성비도연환진이다."

"멋진 이름이외다. 그만큼 위력도 있고. 하지만 천하제일은 아니오."

"돼지고서도 그리 지껄일 수 있는지 보겠다."

철항이 장로들을 향해 손짓을 했다.

짧은 시간이나마 도움이 되었는지 대부분의 안색이 조금 전보다는 나아졌다.

"자신감은 좋지만……."

풍월이 묵운을 손에 쥐었다.

"지금부터 진짜 합격술이 뭔지 보여주겠소."

윈손엔 묵운을, 오른손엔 묵뢰를 움켜쥔 풍월이 양팔을 활짝 벌렸다.

『검선마도』 11권에 계속…

이제부터 전자책은

이젠북

www.ezenbook.co.kr

새로운 세계가 열린다!

김재한 『성운을 먹는 자』	철백 『대무사』
니콜로 『마왕의 게임』	가프 『궁극의 쉐프』
이경영 『그라니트:용들의 땅』	문용신 『절대호위』
탁목조 『일곱 번째 달의 무르무르』	천지무천 『변혁 1990』
강성곤 『메이저리거』	SOKIN 『코더 이용호』

이름만 들어도 황홀할 정도의 별들의 향연!

이들의 "유료연재"가 시작됩니다!

검색창에 **이젠북**을 쳐보세요! ▼

초대형 24시 만화방

신간 100%, 샤워실, 흡연실, 수면실(침대석), 커플석, 세탁기 완비

▪ 광명 광명사거리역점 ▪

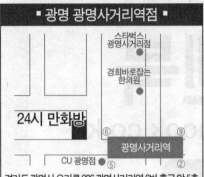

경기도 광명시 오리로 986 광명사거리역 6번 출구 앞 5층
02) 2625-9940 (솔목타워 5층)

▪ 강북 노원역점 ▪

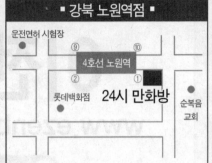

서울 노원구 상계동 340-6 노원역 1번 출구 앞 3층
02) 951-8324 (화용빌딩 3층)

▪ 일산 정발산역점 ▪

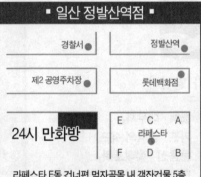

라페스타 E동 건너편 먹자골목 내 객잔건물 5층
031) 914-1957

▪ 일산 화정역점 ▪

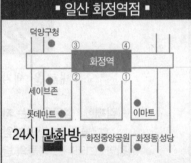

경기도 고양시 덕양구 화정동 984번지 서일빌딩 7층
031) 979-4874 (서일사우나 건물 7층)

▪ 부천 역곡역점 ▪

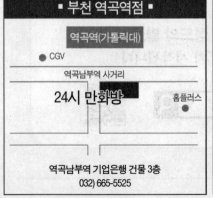

역곡남부역 기업은행 건물 3층
032) 665-5525

▪ 부평역점 ▪

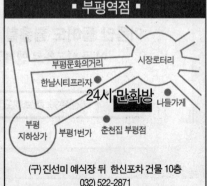

(구)진선미 예식장 뒤 한신포차 건물 10층
032) 522-2871

MODERN FANTASTIC STORY

강준현 현대 판타지 소설

주무르면
다고침!

희귀병을 고치는 마사지사가 있다?

트라우마를 겪은 후 내리막길을 걸어온 한두삼.
그는 모든 걸 포기하고 고향으로 향하게 된다.
그리고 그곳에서 특별한 능력을 얻게 되는데……

"도대체 나한테 무슨 일이 생긴 거지?"

한두삼,
신비한 능력으로 인생이 뒤바뀌다!

Book Publishing CHUNGEORAM

유행이 아닌 자유추구 -
WWW.chungeoram.com

실명 무사

김문형 新무협 판타지 소설

FANTASTIC ORIENTAL HEROES

**망자가 우글거리는 지하 감옥에서
깨어난 백면서생 무명(無名).**

그런데, 자신의 이름과 과거가 기억나지 않는다?
잃어버린 기억을 되찾기 위해 망자 멸절 계획의 일원이 되는 무명.

**망자 무리는 죽음의 기운을 풍기며
점차 중원을 잠식해 들어가는데……!**

"나는 황궁에 남아서 내가 누구인지 알아낼 것이오."

**중원 천하를 지키기 위한
무명의 싸움이 드디어 시작된다!**

Book Publishing CHUNGEORAM

유행이 아닌 자유추구 -
WWW.chungeoram.com

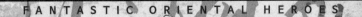

FANTASTIC ORIENTAL HEROES

와룡봉추

임영기 新무협 판타지 소설

세상천지 원하는 것을 모두 다 이룬

천하제일인 십절무황(十絶武皇).

우화등선 중, 과거 자신의 간절한 원(願)과 이어진다.

"…내가 금년 몇 살이더냐?"
"공자께선 올해 스무 살이죠."

**개망나니였던 육십사 년 전으로 돌아온
화운룡(華雲龍).**

멸문으로 뒤틀린 과거의 운명이 뒤바뀐다!

Book Publishing CHUNGEORAM

유행이 아닌 자유추구 -
WWW.chungeoram.com

십이천문

허담 新무협 판타지 소설

十二天門

FANTASTIC ORIENTAL HEROES

무림에서 손꼽힐 만한 무공을 지녔지만
못생긴 외모로 경시받던 남자, 나왕.
친부모 얼굴도 모른 채 약초꾼의 아들로 살던 소년, 적월.

산속 동굴에서의 우연한 만남은
두 사람을 밝혀지지 않은 과거로 이끈다.

*"네겐 약초꾼과는 다른 운명이
기다리고 있을 것 같구나."*

어느 날 갑자기 사라졌던 청부문의 부활!
끔찍했던 붉은 달밤의 비극을 파헤친다.

Book Publishing CHUNGEORAM

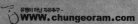

유행이 아닌 자유추구 ~
WWW.chungeoram.com